ÎNDREPTAR PĂTIMAȘ

着魔的指南

Emil Cioran

[罗马尼亚] 埃米尔·齐奥朗 / 著

陆象淦 / 译

花城出版社
中国·广州

图书在版编目（CIP）数据

着魔的指南 /（罗）埃米尔·齐奥朗著；陆象淦译
. -- 广州：花城出版社，2019.5（2022.12重印）
（蓝色东欧 / 高兴主编. 第5辑）
ISBN 978-7-5360-8849-8

Ⅰ. ①着… Ⅱ. ①埃… ②陆… Ⅲ. ①随笔－作品集－罗马尼亚－现代 Ⅳ. ①I542.65

中国版本图书馆CIP数据核字（2019）第036610号

合同版权登记号：图字 19-2016-107 号
Indreptar patimas by Emil Cioran
Copyright © COPYRO—SGCDA, Romania

出 版 人：张懿
丛书策划：朱燕玲
出版统筹：李倩倩　夏显夫　欧阳佳子
责任编辑：杜小烨
技术编辑：薛伟民　凌春梅
封面供图：子夏
装帧设计：棱角视觉 ANGULAR VISION

书　　名	着魔的指南 ZHAO MO DE ZHI NAN
出版发行	花城出版社 （广州市环市东路水荫路 11 号）
经　　销	全国新华书店
印　　刷	恒美印务（广州）有限公司 （广州南沙经济技术开发区环市大道南路334号）
开　　本	880 毫米×1230 毫米　32 开
印　　张	4.25　2 插页
字　　数	110,000 字
版　　次	2019 年 5 月第 1 版　2022 年 12 月第 2 次印刷
定　　价	39.00 元

本书中文专有出版权归花城出版社独家所有，非经本社同意不得连载、摘编或复制。
如发现印装质量问题，请直接与印刷厂联系调换。
购书热线：020-37604658　37602954
欢迎登录花城出版社网站 http://www.fcph.com.cn

着魔的指南

目 录
CONTENTS

记忆，阅读，另一种目光（总序）／高兴　／　1
心灵的呐喊（中译本前言）／陆象淦　／　1

一　／　1
二　／　51
三　／　81
四　／　93

记忆，阅读，另一种目光

（总序）

高兴

昆德拉说过："人的一生注定扎根于前十年中。"我想稍稍修改一下他的说法："人的一生注定扎根于童年和少年中。"童年和少年确定内心的基调，影响一生的基本走向。

不得不承认，二十世纪五六十年代出生的人都有着不同程度的俄罗斯情结和东欧情结。这与我们的成长有关，与我们的童年、少年和青春岁月有关。而那段岁月中，电影，尤其是露天电影又有着怎样重要的影响。那时，少有的几部外国电影便是最最好看的电影，它们大多来自东欧国家，几乎吸引了所有人的目光，看那些电影的日子是我们童年的节日。在某种意义上，甚至可以说，它们还是我们的艺术启蒙和人生启蒙，构成童年最温馨、最美好和最结实的部分。

还有电影中的台词和暗号。你怎能忘记那些台词和暗号。它们已成为我们青春的经典。最最难忘的是《瓦尔特保卫萨拉热窝》。"'空气在颤抖,仿佛天空在燃烧。''是啊,暴风雨来了。'""看,这座城市,它就是瓦尔特。"简直就是诗歌。是我们接触到的最初的诗歌。那么悲壮有力的诗歌。真正有震撼力的诗歌。诗歌,就这样和英雄主义和浪漫主义,紧紧地连接在了一起。

还有那些柔情的诗歌。裴多菲,爱明内斯库,密茨凯维奇。要知道,在二十世纪七八十年代,读到他们的诗句,绝对会有触电般的感觉。而所有这一切,似乎就浓缩成了几粒种子,在内心深处生根,发芽,成长为东欧情结之树。

然而,时过境迁,我们需要重新打量"东欧"以及"东欧文学"这一概念。严格来说,"东欧"是个政治概念,也是个历史概念。过去,它主要指波兰、捷克斯洛伐克、匈牙利、罗马尼亚、保加利亚、南斯拉夫、阿尔巴尼亚七个国家。因此,在当时,"东欧文学"也就是指上述七个国家的文学。这七个国家,加上原先的民主德国,都曾经是以苏联为首的华沙条约组织的成员。

一九八九年底,东欧发生剧变。此后,苏联解体,华沙条约组织解散,捷克和斯洛伐克分离,南斯拉夫各共和国相继独立,所有这些都在不断改变着"东欧"这一概念。而实际情况是,波兰、捷克、匈牙利、罗马尼亚等国家甚至都不再愿意被称为东欧国家,它们更愿意被称为中欧或中南欧国家。同样,不少上述国家的作家也竭力抵制和否定这一概念。在他们看来,东欧是个高度政治化、笼统化的概念,对文学定位和评判,不太有利。这是一种微妙的姿态。在这种姿态中,民族自尊心也发挥着不可估量的作用。

但在中国,"东欧"和"东欧文学"这一概念早已深入人心,有广泛的群众和读者基础,有一定的号召力和亲和力。因此,继续使用"东欧"和"东欧文学"这一概念,我觉得无可厚非,有利于研究、译介和推广这些特定国家的文学作品。事实上,欧美一些大学、研究中心也还在继续使用这一概念。只不过,今日,当我们提到这一概念,涉及的就不仅仅是七个国家,而应该包含更多的国家:摩尔多瓦等独联体国家、立陶宛,还有波黑、克罗地亚、斯洛文尼亚、塞尔维亚、黑山等从南斯拉夫联盟独立出来的国家。我们之所以还能把它们作为一个整体来谈论,是因为它们有着太多的共同点:都是欧洲弱小国家,历史上都曾不断遭受侵略、瓜分、吞并和异族统治,都曾把民族复兴当作最高目标;都是到了十九世纪末二十世纪初才相继获得独立,或得到统一,第二次世界大战后都走过一段相同或相似的社会主义道路,一九八九年后又相继走上了资本主义发展道路;之后,又几乎都把加入北约、进入欧盟当作国家政策的重中之重。这二十多年来,发展得都不太顺当,作家和文学都陷入不同程度的困境。用饱经风雨、饱经磨难来形容这些国家,十分恰当。

换一个角度,侵略,瓜分,异族统治,动荡,迁徙,这一切同时也意味着方方面面的影响和交融。甚至可以说,影响和交融,是东欧文化和文学的两个关键词。看一看布拉格吧。生长在布拉格的捷克著名小说家伊凡·克里玛,在谈到自己的城市时,有一种掩饰不住的骄傲:"这是一个神秘的和令人兴奋的城市,有着数十年甚至几个世纪生活在一起的三种文化优异的和富有刺激性的混合,从而创造了一种激发人们创造的空气,即捷克、德国和犹太文化。"①

克里玛又借用被他称作"说德语的布拉格人"乌兹迪尔的笔为我们描绘了一个形象的、感性的、有声有色的布拉格。这是一个具有超民族性的神秘世界。在这里,你很容易成为一个世界主义者。这里有幽静的小巷、热闹的夜总会、露天舞台、剧院和形形色色的小餐馆、小店铺、小咖啡屋和小酒店。还有无数学生社团和文艺沙龙。自然也有五花八门的妓院和赌场。布拉格是敞开的,是包容的,是休闲的,是艺术的,是世俗的,有时还是颓废的。

---

① 见伊凡·克里玛:《布拉格精神》,崔卫平译,作家出版社,1998年,第44页。

布拉格也是一个有着无数伤口的城市。战争、暴力、流亡、占领、起义、颠覆、出卖和解放充满了这个城市的历史。饱经磨难和沧桑，却依然存在，且魅力不减，用克里玛的话说，那是因为它非常结实，有罕见的从灾难中重新恢复的能力，有不屈不挠同时又灵活善变的精神。如果要用一个词来形容布拉格的话，克里玛觉得就是：悖谬。悖谬是布拉格的精神。

或许悖谬恰恰是艺术的福音，是艺术的全部深刻所在。要不然从这里怎会走出如此众多的杰出人物：德沃夏克、亚那切克、斯美塔那、哈谢克、卡夫卡、布洛德、里尔克、塞弗尔特，等等。这一大串的名字就足以让我们对这座中欧古城表示敬意。

布拉格如此，萨拉热窝、华沙、布加勒斯特、克拉科夫、布达佩斯等众多东欧城市，均如此。走进这些城市，你都会看到一道道影响和交融的影子。

在影响和交融中，确立并发出自己的声音，十分重要。不少东欧作家为此做出了开拓性和创造性的贡献。我们不妨将哈谢克和贡布罗维奇当作两个案例，稍加分析。

说到捷克作家哈谢克，我们会想起他的代表作《好兵帅克》。以往，谈论这部作品，人们往往仅仅停留于政治性评价。这不够全面，也容易流于庸俗。《好兵帅克》几乎没有什么中心情节，有的只是一堆零碎的琐事，有的只是帅克闹出的一个又一个的乱子，有的只是幽默和讽刺。可以说，幽默和讽刺是哈谢克的基本语调。正是在幽默和讽刺中，战争变成了一个喜剧大舞台，帅克变成了一个喜剧大明星、一个典型的"反英雄"。看得出，哈谢克在写帅克的时候，并没有考虑什么文学的严肃性。很大程度上，他恰恰要打破文学的严肃性和神圣感。他就想让大家哈哈一笑。至于笑过之后的感悟，那就是读者自己的事情了。这种轻松的姿态反而让他彻底放开了。借用帅克这一人物，哈谢克把皇帝、奥匈帝国、密探、将军、走狗等统统给骂了。他骂得很过瘾，很解气，很痛快。读者，尤其是捷克读者，读得也很过瘾，很解气，很痛快。幽默和讽刺于是又变成了一件有力的武器，特别适用于捷克这么一个弱小的民族。哈谢克最大的贡献也正在于此：为捷克民族和捷克文学找到了一种声音，确立了一种传统。

而波兰作家贡布罗维奇与哈谢克不同，恰恰是以反传统而引起世人瞩目的。他坚决主张让文学独立自主。在二十世纪三四十年代，贡布罗维奇的作品在波兰文坛显得格外怪异、离谱，他的文字往往夸张扭曲，人物常常是漫画式的，他们随时都受到外界的侵扰和威胁，内心充满了不安和恐惧，像一群长不大的孩子。作家并不依靠完整的故事情节，而是主要通过人物荒诞怪僻的行为，表现社会的混乱、荒谬和丑恶，表现外部世界对人性的影响和摧残，表现人类的无奈和异化以及人际关系的异常和紧张。长篇小说《费尔迪杜凯》就充分体现出了他的艺术个性和创作特色。

捷克的赫拉巴尔、昆德拉、克里玛、霍朗，波兰的米沃什、赫贝特、希姆博尔斯卡，罗马尼亚的埃里亚德、索雷斯库、齐奥朗，匈牙利的凯尔泰斯、艾什特哈兹，塞尔维亚的帕维奇、波帕，阿尔巴尼亚的卡达莱……如此具有独特风格和魅力的当代东欧作家实在是不胜枚举。

一方面，在某种程度上，东欧曾经高度政治化的现实，以及多灾多难的痛苦经历，恰好为文学和文学家提供了特别的土壤。没有捷克经历，昆德拉不可能成为现在的昆德拉，不可能写出《可笑的爱》《玩笑》《不朽》和《难以承受的存在之轻》这样独特的杰作。没有波兰经历，米沃什也不可能成为我们所熟悉的将道德感同诗意紧密融合的诗歌大师。但另一方面，需要注意的是，由于语言的局限以及话语权的控制，东欧文学也极易被涂上浓郁的意识形态色彩。应该承认，恰恰是意识形态色彩成全了不少作家的声名。昆德拉如此，卡达莱如此，马内阿如此，赫尔塔·米勒亦如此。我们在阅读和研究这些作家时，需要格外地警惕：过分地强调政治性，有可能会忽略他们的艺术性和丰富性；而过分地强调艺术性，又有可能会看不到他们的政治性和复杂性。如何客观地、准确地认识和评价他们，同样需要我们的敏感和平衡。

　　一个美国作家，一个英国作家，或一个法国作家，在写出一部作品时，就已自然而然地拥有了世界各地广大的读者，因而，不管自觉与否，他，或她，很容易获得一种语言和心理上的优越感和骄傲感。这种感觉东欧作家难以体会。有抱负的东欧作家往往会生出一种紧迫感和危机感。他们要用尽全力将弱势转化为优势。昆德拉就反复强调，身处小国，你"要么做一个可怜的、眼光狭窄的人"，要么成为一个广闻博识的"世界性的人"。别无选择，有时，恰恰是最好的选择。因此，东欧作家大多会自觉地"同其他诗人、其他世界和其他传统相遇"（萨拉蒙语）。昆德拉、米沃什、齐奥朗、贡布罗维奇、赫贝特、卡达莱、萨拉蒙等东欧作家都最终成为"世界性的人"。

　　关注东欧文学，我们会发现，不少作家，基本上，都在出走后，都在定居那些发达国家后，才获得一定的国际声誉。贡布罗维奇、昆德拉、齐奥朗、埃里亚德、扎加耶夫斯基、米沃什、马内阿、史克沃莱茨基等都属于这样的情形。各种各样的原因，让他们选择了出走。生活和写作环境、意识形态、文学抱负、机缘等，都有。再说，东欧国家都是小国，读者有限，天地有限。

　　在走和留之间，这基本上是所有东欧作家都会面临的问题。因此，我们谈论东欧文学，实际上，也就是在谈论两部分东欧文学：海外东欧文学和本土东欧文学。它们缺一不可，已成为一种事实。

　　在我国，东欧文学译介一直处于某种"非正常状态"。正是由于这种"非正常状态"，在很长一段岁月里，东欧文学被染上了太多的艺术之外的色彩。直至今日，东欧文学还依然更多地让人想到那些红色经典。阿尔巴尼亚的反法西斯电影、捷克作家伏契克的《绞刑架下的报告》、保加利亚的革命文学，都是典型的例子。红色经典当然是东欧文学的组成部分，这毫无疑义。我个人阅读某些红色经典作品时，曾深受感动。但需要指出的是，红色经典并不是东欧文学的全部。若认为红色经典就能代表东欧文学，那实在是种误解和误导，是对东欧文学的狭隘理解和片面认识。因此，用艺术目光重新打量、重新梳理东欧文学已成为一种必须。为了更加客观、全面地翻译和介绍东欧文学，突出东欧文学的艺术性，有必要颠覆一下这一概念。蓝色是流经东欧不少国家的多瑙河的颜色，也是大海和天空的颜色，有广阔和博大的意味。"蓝色东欧"正是旨在让读者看到另一种色彩的东欧文学，看到更加广阔和博大的东欧文学。

二〇一三年十月三十一日定稿于北京

主编简介：高兴，诗人、翻译家，一九六三年出生于江苏吴江市。中国作家协会会员。国务院政府特殊津贴专家。现为中国社会科学院外国文学研究所研究员、《世界文学》主编。曾以作家、翻译家、外交官和访问学者身份游历过欧美数十个国家。出版过《米兰·昆德拉传》《东欧文学大花园》《布拉格，那蓝雨中的石子路》等专著和随笔集；主编过《二十世纪外国短篇小说编年·美国卷》（上、下册)、《伊凡·克里玛作品系列》（5卷）、《水怎样开始演奏》、《诗歌中的诗歌》、《小说中的小说》(2卷)等大型图书。主要译著有《文森特·凡高：画家》《黛西·米勒》《雅克和他的主人》《可笑的爱》《安娜·布兰迪亚娜诗选》《我的初恋》《索雷斯库诗选》《梦幻宫殿》《托马斯·温茨洛瓦诗选》等。

心灵的呐喊

(中译本前言)

陆象淦

对于关注世界文学特别是东欧现代文学的读者来说，齐奥朗乃是阅读书单不可遗漏，或者甚至不可或缺的作家。这个别具一格的罗马尼亚"达人"，以其独树一帜的逆向思维和鲜明的社会批判精神，粗犷犀利的文笔，睿智博学的叙事和解析，拨动着世人的心弦，赢得了卓著的国际声誉。

埃米尔·齐奥朗，一九一一年出生于罗马尼亚西北部，位于特兰西瓦尼亚地区的锡比乌城，一个东正教神父的家庭。就其母系的背景而言，他的外祖父曾被奥匈帝国封为男爵，跻身贵族行列。在锡比乌城偏重德语教育的格奥尔基·拉泽尔中学完成中等学业后，齐奥朗十七岁进入布加勒斯特大学攻读哲学。得益于通晓德语，他在大学期间就潜心研读康德、叔本华特别是尼采的原版著作。一九三三年至一九三五年获得德国洪堡大学的奖学金,赴柏林深造。在德国留学期间,他又接触和研究了当时颇为热门的德国新康德主义社会学家西梅尔、生机论运动的倡导者克拉格斯、存在主义的主要代表海德格尔以及将偶然性作为思想体系核心的俄国非理性主义哲学家舍斯托夫等人的学说。一九三六年,返回罗马尼亚后,他在特兰西瓦尼亚地区的布拉索夫城的一所中学谋得了哲学教师的职位。翌年,又获得布加勒斯特的法兰西学院奖学金,以撰写博士论文的名义赴法国巴黎研读,直至一九四五年正式定居法国。

齐奥朗的写作生涯大致可分为两个阶段:二十世纪三十年代初至四十年代中期为第一阶段,用母语罗马尼亚语写作;一九四七年开始至一九九五年逝世为第二阶段,用法语写作。早在青年时期,他就显示出极高的写作天赋和创作才华。一九三四年,他发表的第一部作品《在绝望之巅》荣获罗马尼亚处女作奖励委员会奖和罗马尼亚青年作家奖。在此后的半个多世纪里,先后用罗马尼亚语和法语撰写和发表了二十余种作品,大多为随笔、断想、冥思、格言、警句和通讯等短小精悍之作,以文笔简洁而涵义深邃著称。尽管有评论家断言他是怀疑主义或虚无主义者,但他始终认为自己是一个浪漫主义者,他的青春打上了德国浪漫主义的深刻烙印,毕生崇尚法国、俄罗斯等各种形式的浪漫主义。

《着魔的指南》是齐奥朗用罗马尼亚文写作而在此前没有发表的作品,由罗马尼亚人文出版社根据他留下的两份手稿整理和编辑成书,一九九一年首次出版。该书篇幅不大,据齐奥朗在手稿上的标注,一九四〇年至一九四三年撰写并修改于巴黎,内容为游历欧洲特别是南欧和巴尔干的见闻,以及对于西方文明和宗教的随想。在风格上,除了保持他一贯推崇的反系统的碎片化叙事,以独特的构思在多个层面上切入问题和提出见解之外,刻意引用某些《圣经》故事,反其道而评说,鞭辟入里地抨击宗教救世的虚伪和自欺欺人。在以散文诗的形式赞美蓝天、绿地、高山、大海的俊美和壮丽同时,深刻揭示西方传统文化和文明衰落的困境,巴尔干世界特别是他的祖国罗马尼亚民族的悲惨遭遇,世代承受的屈辱和不公,字字句句浸透着对民族、国家的挚爱和悲愤的激情,情真意切,跃然纸上,凝成炽热的心灵呐喊,爆发出令人震撼的冲击力。

齐奥朗在谈及自己的创作时曾经说,他的书既不是压抑的,也不是抑郁的,而是怀着狂怒和激情书写的。表达,乃是一种心灵的解放。一本书即是一个伤口,应该唤醒读者,改变他们的生存。毫无疑问,《着魔的指南》也是一个这样的伤口,一个流血的伤口。齐奥朗是在书中用炽热的心灵呐喊,唤醒世人结束两千年来祈求上帝或救世主拯救的可怖迷津,迷途知返!他怒斥宗教及其教条"剥夺了自我",言辞恳切地指出:"没有自豪的民族既谈不上生存,也谈不上死亡。他们的存在是乏味和无谓的。因为,除了听天由命的无谓,他们别无其他作为""真正的生活并不在于平稳,而在于破裂"。因此,他急切地呼唤:"放飞你的心灵,任它自由翱翔,奔向天空!"

沧海桑田,潮起潮落,在今天世界面临多重危机的不可承受之重的格局下,对于人类命运和生存价值的这种炽热关切或许尤显珍贵。

一

1

  我满怀热情和苦涩,曾尝试采摘天上的果实——但徒劳无功。当我的手伸向硕果累累的果树时,它们向着九霄云外的天外天飞升而去。

  天穹的枝条在我们祈求的希望中弯腰低垂;树枝温顺地低着头,果树却没有了果实。

  既没有花朵在天上绽放,也没有果树结果。上帝在他自己家里,没有什么需要守护的,出于懊恼和腻烦,他毁坏人间的花园,造成遍地荒芜。

  不,不;不是在星星上我将丧失视觉。早在祈求上天的施舍时,阳光就已使我变盲。我已经腻烦形形色色的祈求——听凭自己的心灵被尘世的浮华制服。

2

天主将亚当逐出伊甸园之后,又派出了基路伯和光芒四射的火剑,把守通往生命树之路①。

在这条路上,我乞讨过多次。而比我更穷的路人们伸出空空的手掌,期待施舍落入其中。我们这群受难的群氓这样走着走着,路沉入了泥潭之间,天堂的树枝的阴影消失在尘世之外。

我们毫不胆怯,有耐心在倒霉的祖先迷失的这条路上把握自己的命运。我们需要火一般燃烧的智慧——而磨刀霍霍,如同疯子一般虎视眈眈的守路天使们,将被我们燃烧的心融化。

万能的上帝为我们开放了他的路吗?那么,我们将栽种另一棵果树,在这里,在没有他派出护卫把守,也没有刀剑和火焰的地方。我们将在苦难的阴影下创造自己的天堂——在人间的树荫下,仿佛瞬间变成天使一样平静地休憩。"他"将落得永世形单影只,没有任何人陪伴;我们将继续犯罪,啃咬阳光下腐烂的苹果。我们将像"他"一样,喜欢错误的教训,经历诱惑的痛

---

① 《圣经·创世纪》,第3章,第24节。

苦——乃至更甚。

"他"相信通过死亡迫使我们成为奴隶，为他效力。但是，我们从容不迫地享受生活。

活着：你专犯错误。嘲笑死亡的确凿真理，无视绝对，将死亡变成玩笑和无尽的事件。你只能在幻想的深渊中呼吸。生存的简单事实是极端重要的，与它相比，上帝不啻一个可怜的玩物。

我们在生存的各种偶然事件的武装下，将把窥伺着我们脆弱的安全感化为乌有。我们将冲击确定性，抛弃真理，鄙视华而不实的光环。我想活，反抗的精神胜过一切，它是虚空论争的捍卫者。

……这样，热爱自我的人拔剑刺向错误的十字军。

3

我熟识同类。经常在他们失神和空虚的眼睛里读到命运的无奈，或者在他们的目光的闪躲中暂时打消了我自己的造反念头。但是，他们的焦躁不安对我并不陌生。他们*期望*，不断地*期望*。而我，由于没有任何*期望*，踏着他们脚印前行的步伐如踩芒刺，我的路在他们欲望的泥沼中曲折蜿蜒，凭借那毫无价值的光环来为他们的徒劳*期望*辩白。

他们不懂得天堂和地狱是瞬间的点缀，昙花一现，没有任何东西能超越无用的心神迷醉的力量。在他们走向死亡的进程中，我没有遇到在瞬间的弯道上的永久停留点。

我看见一棵树，一个微笑，一次日出，一段记忆。在这每一个景观中，我并非没有边际的限制，不是这样吗？我还期待什么东西能超越那受局限的视野，超越时间闪光的不可矫正的视野？

人们焦虑未来，匆忙一生，在时间中奔走，寻寻觅觅。没有任何东西比他们徒劳寻觅而不乏疲惫的眼睛更使我痛心。

我知道一切皆是*注定的*，只存在瞬间，一个个瞬间，生命之树是生存活动中可逆的永恒性的瞬间爆发。

因此，我不再期望任何东西。在夜里，在眼前映现世界的底层的长夜里，我常常自问如何知道自己存在抑或不存在？那时，你可能还活着，也可能不再活着？或者被音乐的迷蒙感俘获，沉醉其间，受到呼吸气息清洗，你还与自己的同类一样吗？

只有一个目标：但愿你比音乐更加无用。在音乐中，你不知身处实在抑或虚空。你作为被它的魅力卷入漩涡的牺牲品身处何处？难道它不是一个声音的乌有之乡吗？

人们不知自己一无用处。他们有继续要走的路，有需要到达的目的地。当生命的"价值"在于对这一未竟之业的向往时，他们不会欣赏残缺之美！但是，我们如何揭开这一奥秘的表面，如何使他们喜爱一个秘密的光泽，使他们沉醉于一个如此单纯的诱惑？我的脑海里浮现起某些黑夜和白昼……

南方花园里夜间的宁静……棕榈树向谁弯腰？它们的枝条犹如疲惫的思绪。从前，当在血液中储藏更多的酒精和更多的西班牙风情的时候，我的狂怒向着他们的天空发泄，激情垂直跌落倒地，变为他们人间的疲劳，心，剧烈跳动，撞击着星星邻居们的大门。现在，我很幸运通过思想的条理将自己与星星们分离，在它们的轻拂中品味温顺的孤独，在夜里的神化大地上壮丽地毁灭自己。

如果我生活在花园里，宗教不可能存在。花园的缺失促使我思念天堂。没有花和树的空间导致眼睛仰望天空，使芸芸众生回忆起他们的第一个祖先倏忽之间永眠在果树的阴影下。历史是对花园的否定。

种种希望由夜而生。原野乘着黑夜的翅膀飞去，已经不复存在，而我们作为物质和梦之间的唯一生物，把沮丧的芳香提炼为幸福的香脂。夜里，我觉得没有任何不可能的事情——它是没有时间的可能存在。一切都太有可能——但未来并非如此。理念变成思想之鹰——而它们飞向何方?像一束磨损的以太射线,飞向隐隐约约战栗着的永恒之乡。

……我终日怀着这样奇怪的兴趣望着太阳。人们因为什么样的误解而迷恋它的混沌,将其变害为益?将一个纯粹的星体蜕变为实用的巨魔,何等缺乏诗意?我们所有人是否过于人性化地亲近它的光线,认为它是现实世界之源,赋予它过多的现实价值?为什么我们甚至将自己的*目的*设计到天上?

我们不知道太阳究竟在*何处*。但清楚知道自己不复在它照耀下——有谁在海岸边一连几小时眯着眼,与时间平行,与梦同步,仿佛一切犹如不断涌上镀金的沙滩上的泡沫一样瞬息即逝,而不觉得幸福的降临和闪光消散的虚空——尽管幸福的闪光认识不到美景给世界带来过的任何一个危险。

我们以为自己在太阳照耀下永葆青春,觉得自己没有了年龄。如果说在午夜我们还有年岁,那么在中午就不再有年龄。所有的岁月都销声匿迹,你既存在又不存在——在阳光的神秘虚无主义中震颤的魔力。

4

当我从阿尔迪亚尔①城堡下来时,不知在傍晚的何时和在青春的哪一年,只觉得自己很不幸,而且渴望不幸,过分相信自己思念太阳——日落的启示骤然折断了我双膝的骄傲。我的影子与日暮的疲劳重合,像太阳一样在心的黑斑之间依然存留的东西跪倒在善终的欲望脚下。我对于天体的感激之情也送往自己的心灵中的埃及。

从那时开始,我不断焚香供奉死亡和太阳——作为天知道哪个在远古的尼罗河岸上踯躅的懒汉的后代。

5

正如你爱曾使你为之流泪的书籍一样,令你凝声屏息的奏鸣曲,断断续续对你低语的芳香,迷失在肉体与灵魂之间的女人——引你如同面对大海:你热爱波浪起伏、淹没一切的洪水。

我没有在地中海找到诗歌,也没有找到风暴抑或可

---

① 罗马尼亚特兰西瓦尼亚地区的别称。

怕的浪的漩涡。在布列塔尼的岩石上我找到了这些呼喊的回响。但我如何能忘怀将自己的思想留在了那里的大海？

在比蜉蝣的寿命预感更短暂的记忆中，我依然保留着对这衰老之海的宏大蓝色的膜拜和感激。有多少个帝国在它的岸边毁灭——它又埋葬了多少口灵魂的棺木……

当空气中止了自己的不安，地中海的变幻将浪涛抚平为蔚蓝的闪光时，我才懂得何谓地中海：*纯净的现实世界*。没有内容的世界：虚空的*现实基础*。只有*泡沫*——虚空的现实世界——继续作为努力走向实在的脚印……

除了走向广阔天地，我们没有一个人具有比之更大的能力。不可画地为牢，坐井观天。不坐井观天，其要义不正是*倾力征服大海*吗？没有任何一个海浪比心灵的奇幻旅途更加漫长。一个乌利西斯①——以及关于他的全部书籍。一种走向一个又一个广阔世界的渴望，一种博大精深的漫游。认识一切惊涛骇浪。

---

① 荷马史诗《奥德赛》中的主人公奥德修斯的别名。

6

审美的虔诚：对种种表象怀有一种宗教的敬意，脚踏实地而没有对天堂的怀念，相信一切皆可能是花朵，而非绝对。

如果说你从来不后悔自己没有翅膀，难免用人的沉重脚步污染大自然，那么你从来没有爱过这片大地。每当我们发现它时，无不在心里，而不是在脚底下感觉到它，我们朦胧地仰望着的满天星体正在变成迷雾，融化为当时忘记了天空的一滴血。你可以随己所愿仰望上空，却不会因为与你行走时无视的地球难得相遇而感动。但是，与它面对面，同它的行踪密会，令你想入非非，恨不能在动人的拥抱中发出一声来自肺腑的兄弟般沉重的痛苦悲叹！我的眼睛受够了仰望你们这些天使、神明和天穹之苦！

现在我想学会尊重泥块。我还能否低头俯瞰大地，怀着使我涌起剧烈寒战抬眼仰望你们时的激情？什么样的癖好和恶习把眼睛推向超自然？宗教使得眼睛偏离它的自然使命：看 。从基督教出现以来，眼睛不复看得见事物。

同一个人踮着脚尖走在教堂的大理石板上，却在花园里随地吐痰——混合在感觉中的思想的快乐，或应分别建造一座寺院和创造一种感觉神话学。

　　老天，不懂得花开花落的痛苦或狂喜的老天对我何用？我想与注定具有生命的事物共生，与注定要死亡的它们同死。我为什么对你们，永不熄灭的星体们，谈论熄灭？我在另一个*世界*找到了太多的虚空。但现在回到了舒展筋骨的地方。在这里，我像一个渴求赎罪的隐士一样漫游。

7

　　从瞬息即逝的一切中——任何东西无不如此——凭借感觉取得精华和强度。你从何处能寻找到现实的东西？没有任何地方。只能在情感的色调中寻找。情感中没有显现的东西犹如不存在一样。一个中性的世界比一个情感的世界更缺失。只有艺术家使世界得到呈现，只有表述把事物从它们必然的非现实性中拯救出来。

　　你靠什么生活，有何灵丹妙药？种种无名的快乐和痛苦——但你找到了其中一种的名称。

　　生活只维持在我们一阵阵战栗的长度之内。排除了它们，生活不啻活的尘埃。

　　你见到之物上升到幻影的高度；你听到之物上升到

音乐的水平。因为：*就其自身而言*，什么也不存在。我们的震荡构成世界；感觉的松弛成为世界的暂息。

正如"**虚空**"借助祈祷变成"**上帝**"，表象同样也借助表述变成大千世界。词语正在偷走我们生活在其中直接的虚空的特权，劫掠它的流动性和易变性。如果我们不是把感觉固定在其形式——*不存在的虚空*之中，又如何从一团乱麻似的感觉丛中解脱出来？我们如此赋予它们生存属性。现实即是固化的表象。

肉体的负面的焦躁，血液的《圣经》式的抗议，临终的圣像和疾病的灾难符咒——面对由世界灿烂辉煌景象引发的绝望，皆变得苍白无力。纵使我或记得最确切和钻心的痛苦，顺从于自我的物质的最真实的疯狂，面对人间的种种虚伪装饰的切肤之痛，它们也变得模糊不清。当我独自在山上或者海边，在安静的或者有音乐伴奏的沉默之中，在令人怀旧的松林或者凉由心生的棕榈林下，万千感觉油然而生，超越了时间，身处美景中的幸福和这种幸福将在时间中消失的现实感令我心如刀割，美景消散在一种未尽意的赞赏的模糊而崇高的氛围中。只有丑恶是无痛苦的。但是，声威更比天高的表象的魔力，比人的温驯所招致的一切地狱更令人震撼。不是人的劳苦使我脱离世界，而是因为太经常地看见人间天堂，我的感觉融化成不幸。为什么在不完美的决定性时刻，一阵突发的喊喊喳喳的低语把我推回到种种暴虐的时代？

如果你看见一棵开花的巴旦木在轻风的潜入下温柔地摇摆着，而纯粹的南方的天空下降到它的树枝之间，让眼睛不去想象即刻绽放的花朵之上的其他东西——那么你也立即随之摇晃起来，为了更勇敢地跌入时间的沙漠之中。

对于战栗结束的恐惧毒化了我感觉的天堂，因为没有任何东西或应该在插入思维的感觉中完成。世界的辉煌壮丽比肉体的愤怒更凶猛地刺痛我，我在幸福中流血，比在绝望中更糟糕。

时间神秘地稀释为美的绝对虚空……我用时间来滋养血的期待，激荡起永远无益的波澜和折光。价值只存在于你愿意为之赴死的表象之中……花瓣将替代理念的地位？

时间要求另一种活力，血管要求另一种喃喃低语，肌肉要求另一种欺骗……一个直接的世界——以及一切无用的东西；人人随手可得的玫瑰，却是幻想的水仙女们不敢摘取的……

既然这个世界的波涛能够使你在更甜蜜的终结中永垂不朽，那么为什么要在另外的世界中寻求拯救？——我将把迷人的虚空从一切繁花如锦的浮华中解脱出来，为自己建造一张床，酣睡在原野的花冠上。我不再逃往星星，也不想隐身于月亮的远方。

世界的美学涅槃：在最高表象中达到崇高。在瞬间的泡沫中也只有虚空。你直接和短暂地升华至自我的边缘。

8

各种学说毫无活力，学问云云实属荒谬，所谓信念更其可笑，理论推理贫乏至极。在我们现存的一切中，生命只存在于心灵的活力之中。有了这样心灵的活力，你如果不用来谱写没有实用的音乐，不把厌恶上升到神谕的高度，那么你将把自己埋葬在什么秘密中？物质的奥秘本身不是正在脉搏中游动，它的节律不是正在召唤我们谛听不可解读的乐曲吗？

我醒着，不知道相信什么；和弦的音调使我有点伤感。但是，当我这样失去信心地坐着时，为什么生命转变成了我，而我又无处不在？

内心的音乐的结尾融入了一个宇宙的行板之中。思绪中小号奏响的暴风骤雨平静了下来，而周围的安宁像一种充满阳光的闲适缓缓流动着。

……我常常觉得自己的心灵在肉体之外；常常觉得

它离自己很远，常常无所事事，没有着落。我如何跟随它骤然升腾，挣脱心室？在感觉的河床里游荡不适合它吗？是什么推动它奔向我无法跟随同去的广阔原野？人们拥有它，驾驭它，它是他们的。

只有我在自我的阴影下……

让你的心灵自由，任它漫无目标地奔向天空！它的天然倾向是敌对。我将张开一张什么样的网才能把它同大地联结起来？如果遭遇到它暴风雨般的工作热情，那么给它套上笼头，浑身戴上枷锁！它在不被人注意的瞬间来到，在烈火中自由地奔向另外的世界。从何处来的骤然大火将它驱赶到天上的异乡，而你却成为伴随一具被抛弃的空皮囊的可怜虫？

那是一种杀人的冲动压倒了人间的联系，一种对于各种幸福之外的另类幸福的渴望，对于星体的慵懒的向往，对于坠入内心的战栗骚动，淹没在神圣的忏悔的泡沫中的期待。什么样的翅膀秘密地插在了它的身上，让它突然一跃而起，越过太阳，在飞行中将光明的源泉甩在后面，焕发着生命之外的不可解读的生命力？

你数千次想死——而心灵在广阔的乌有之乡经受着折磨。

……我在风景、微笑、理念中找到了心灵的平静。但它，这个浪迹天涯的家伙，并不喜欢平静，而在世界之脊上飞舞——何时它的躁动将下降到日常的虚空周围？但愿我有另一颗心灵，一颗更傲慢的心灵！

9

我知道，在我心里的某个地方有一个魔鬼不能死。我无须灵敏的耳朵来感知细微的痛苦，也无须味蕾来品味血的酸味，只需木然的沉默，能发出一声呜咽。于是，我认识到了危险。当我回身向着以凌辱他人为能事的专制暴君恶魔时，他出现在精神、大脑和墙头上——骤然间变成威严和具有毁灭性的神道。

你木然站着和等待着。你等待着自己。但对自己怎么办？在有那么多难言之隐的氛围下，你对自己说什么？

什么在沉默中走过？谁走过？是你的恶魔在你心里走过，离开了你，他在任何地方都是你的一个负面的秘密。

你是在思考自己将成为什么？你的悔恨没有未来。而且，任何未来皆不是属于你的。你在时间中不再有地位，恐惧躺在时间中。

于是，你走了。你走着忘记了自己。在行进中，你是另外一个人并变化着——不再是你自己。

10

人具有两大特性：孤独和高傲。他们生活在地球上，为的是将这两个特性加以发扬光大——但出现了宗教：一个为存在掘墓的治疗体系。人为什么创造了它？有什么需要制造这样的毒品？

我看着太阳，自问道：为什么终究出现了宗教？我回头看着大地——联想起它的种种横祸灾难——不理解自己为什么逃避它。

我屡次逃往天上，月下空间的悲伤对我微笑，于是我怀着渴望下降到那里。然而说到理想，那里既没有骄傲的地位，也没有悲伤的可能，所以我将离开它。不过，只要它依然是给人以启迪的苦难空间，我为何还去寻找其他地方？

宗教试图治疗我们的罪恶——付出生命代价的罪恶。孤独和高傲是具有正能量的恶。心不在焉——你更多地处于这样的状态。

除非是在没有信仰的狂放状态下，在人间的看似芬芳的动荡中我从不觉得安全。我的心与整个世界合流——但不期望回报。祈祷的喃喃低语充满自身的力量。

我们的双手过多地向着一个冷漠的苍天合十膜拜：何时它们将回到甜蜜而痛苦的人世无限空间？陶土的内省的狂喜，被自恋主义损害的大地……

人没有发明比"*自我*"更有价值的错误和更实在的幻想。你呼吸吐纳，想象自己是*独一无二的*；你的心脏跳动着，因为你是"*你自己*"。你如何直立在万有神论上？或者你如何同一个在你之上的上帝*同在*？——在任何形式的宗教中，你都不能结出思想之果。

我曾想拯救自己。芸芸众生的一切信仰都要求我抛开自我。从《吠陀》，经过佛陀和基督，除了我的*生存*的敌人，我别无发现。他们用"无我"来为我提供拯救；他们都要求我抛开自我。要我变成*他们*，或者他们的上帝，成为微不足道的"无名氏"——而骄傲需要我的名字和虚空中的存在。

不仅如此。他们还要求我克服痛苦。但没有痛苦就没有精神的滋味；它是生命之盐；生命*不可忍受之重*——存在的血液。

我应有爱，有仁慈，应该期待，应该自我完满。如果你既不想成为天底下的一个蠢货，也不想成为任何一个暴君势利眼中的乞讨者，就必须爬上这单调无味的梯子。

让我把自己的痛苦发泄在其他人身上？总是发现除

了同类还是同类！让我以栽培他们的愚蠢，调教他们的下流为幸福——扼杀自己蔑视的冲动吗？

"自我"是从痛苦中吸收养料的艺术品，宗教则是以抚慰这种痛苦为目标。但人的高贵是一个独特的特点：其固有个性的唯美主义。通过痛苦确立他自身的美，通过燃烧奠立他的地基。

人是艺术，因为他是高傲而孤独的。他用大地作为比苍天更有效的——他的存在的证明——遁词。

各种宗教对于内在的虚空的魅力，对于诸如此类的表象并无感觉。自在的消亡和无用的魔法与它们是格格不入的。大地与它们是格格不入的。因此，它们要把我们从*自我*中，从阳光下最奇特的盛开之花中拯救出来。

个性的存在具有如此强烈的吸引力，因为它是产生于平衡的一种断裂，生命的原初基质的不平等。各种宗教试图抹平多样性，消除个性。拯救的意义即是姓名的消失。

我不容忍另一个绝对，除了我的*偶然性*之外。我偶然生于世，觉得生存的幻想乃是我的最高价值。对这种偶然性，无须做任何矫正。

我们之中的每一个人皆是固有个性的天真的康复者。由于你没有恢复个性，依然是无药可救的*你自身*，从而是普通人。

让你融入自然，融入人类，融入上帝？但在做出任何决定之前，你把自己淹没在自身之中。

我梦见自己彻底死了，在星星中间寻找着我的骨骸——发现了"自我"的脚，号丧着我的姓名。

影子——面对梦——表明存在的更多一层的朦胧。在你发现各界并在空间中丧失它们之后，清醒地感觉到一种渴望：作为普遍缺失个性的影子出现的某种东西——"自我"。

宗教按我的要求为我指出了幸福之路。但在这里生存的幻想比乐意居无定所、流浪在九天的意愿更强烈。

……于是，我回到大地，放弃了救赎。

11

有一位东方哲学家曾经说："真理从不梦想。"因此，它与我们无关。我们如何对待真理的欠缺现实性？它只存在于教师的头脑里，学校的迷信中，所有门徒的注释中。

但在被它的无限性插上翅膀的思维中，梦想比一切真理更加现实。

世界不存在；它每一次产生开天辟地的痉挛时，无不燃起我们的心灵之火。"**自我**"乃是一个梦想着现实场景的虚无岬角。

勇气将你置于存在与不存在之间——飞翔于存在与不存在的世界之间。对于懦夫来说,一切皆存在,但在精神骑士的盔甲里,思想的犁沟被压扁,幻想的种子遭到践踏。

对于一切看得见的事物,我们自愿地赋予它们气息。一个呼吸器官难道不是某种存在吗?——由于*存在看来比它的对立面更可取*,我们创造了呼吸的习惯,感受呼吸的好处。是什么驱使我们懂得只想象它,在延长我们的半醒状态中维持它的生存?

空间之光,从何处视死如归地优雅散发出来?从太阳中?——从映现在蓝色天幕上的燃烧的血液中。撒在黑夜中的闪烁而不移动的星星火花,也来自那里。

宇宙是脉搏的一个动力学的托词,心的自我暗示。

12

微笑与因果律势不两立:它引发了那么多无益的迷惑。就其"理论"价值而言,它是世界的象征。

因果之间的差别,一件事情或可能是另一件事情的根源,或者说同另一件事情有着某种因果联系,这种观念满足一个庸人的理解欲望，然而，当你知道事物并非实存，而是漂浮在一个空间的总体中，它们之间的联系说明不了任何问题，既揭示不了它们的状态，也揭示不了它们的本质。世界既无生，也无死，既不停止在某一个点，也不会在时间的支撑下变为另一个世界——而是毫无意义地无限运转。永远如此。永恒的手下败将一个个退出舞台，只有"**自我**"时时有意自欺欺人。

借助影子，"**自我**"肩负起独特的存在的重担，用现实性来污染围绕它的白色虚空。对于那些看似活着的人物，它用梦想的力量调动他们的元气，恢复他们的存在感。因为，生活乃是渴望理性精神的显示，不逃避不可动摇的非现实性的囚徒。

思想偶然爱上了存在——我们为自己存在而骄傲。我们的步伐缺乏梦想的怯懦，沾污着影子，自信和坚定地残踏着它们。只有片刻清醒；庸俗的现实罗网被撕破，让我们看到自己的真面目：自己头脑的想象。

13

当我自认为理解卡利古拉①时,是否骄傲本身导致的一种献媚?

苏埃托尼乌斯②本想诋毁卡利古拉,揭露他患有疯病,却滑入不自觉的某种尊敬:"他(卡利古拉)患有严重失眠,每夜睡眠不超过三小时;而且,这段歇息也不完全,受奇怪的幻觉打扰:其中有一次,他还梦见与海怪交谈。"

同一位历史学家告诉我们,卡利古拉不吻自己的妻子或情妇的脖子,以免使她们联想到他有权砍下她们的头颅。

我们所有人是否在心灵的泥潭里无不隐藏着如可怕的皇帝们口中陈述的那样可能怀有的愿望?做一个好执政官——这不是适用于所有人的一个判断吗?

---

① 卡利古拉(12—41),罗马皇帝(37—41在位),本名盖约·恺撒。他童年时代,其父属下的士兵给他起了个绰号"卡利古拉",意为"小靴子"。此后他就以这一别名闻名于世。他以残酷镇压某些反对他的密谋者著称。

② 苏埃托尼乌斯(约69—约122),古罗马历史学家、传记作家、文物收藏家,著有《名人传》和《诸凯撒生平》等。《诸恺撒生平》汇集涉及罗马前十一个皇帝生活的种种轶事和流言蜚语,脍炙人口,盛名不衰。

再者，在如此庞大的一个帝国中，似乎缺乏再信任同类的意愿。

衰落时期的罗马皇帝们，深受厌烦天性感染的这些巨人，在行事风格上如此疯狂，在他们看来，世界的唯美主义者们无非是集市上的卖艺者和即兴的幽灵诗人。

如果我们生活在基督教渗入的罗马，我或会保护垂死的神像，或者挺胸捍卫恺撒们的虚无主义。衰落的魔力乃是历史的疲惫波涛的暗示，借助荒唐不经之举来填补光荣的空白，借助疯狂来填补宏伟壮丽事业薄暮的需要。不论氛围如何吸引你，癫狂的祖先们难免浴血之灾。

暴行对于同时代人来说是不道德的；像历史一样，它变成一幕戏剧，犹如封闭在一首十四行诗中的痛苦。一旦写进史册，灾难本身就变成审美的一个动因。

只有瞬间是神圣的，无限的，不可逆转的。你正在经历的瞬间。

我如何怜悯卡利古拉的受害者们？历史是惨无人道的课本。历史上的任何一滴血都不会干扰我们生活着的这个现在。还是那惊扰这个不幸皇帝之梦的海怪更使我感动得多。

不公正的历史谈论基督徒的迫害者比谈论殉道者更

谨慎得多。在任何一部回忆录中，尼禄①都是鲜活和诱人的；我们怀着极大的热情回忆他。尽管遭人诋毁两千年，但并不比耶稣平庸——彼拉多②依然立足于哲学界，尽管有明摆着的疑问，但哲学家们并不以援引他为耻，而福音书作者约翰尽管无人怀疑，却不能长久受人敬仰。基督徒们以爱的名义同他清算。犹大变成一个象征——背叛和自杀赋予了他以永久的现实意义，而彼得成为教堂的一块石头。

今天，我们所有人都知道亚那③和该亚法④做得对；他们不能做另一种判决。在德国巴伐利亚州的小镇上阿莫高演出《耶稣受难记》的剧院中，如果用基督徒和非基督徒的眼光，不偏不倚地客观观看这古老的悲剧，那么我们或许既会站在救世主耶稣一边，又会觉得杀害他的刽子手们也不无道理。亚那和该亚法是有血性的，是汉子；如果他们理解耶稣，或会放弃那样做。他们心

---

① 尼禄（37—68），罗马皇帝，54年即位，68年被元老院判处上十字架用鞭子抽死。尼禄逃离罗马，传说他用短剑自刎，也有人说他到达希腊的某个岛屿，69年被当地总督逮捕处死。

② 本丢·彼拉多（？—41），任犹太行省总督期间（26—36）主持对耶稣的审判，并下令把耶稣钉死在十字架上。

③ 亚那，犹太人大祭司，据《圣经》记载，是主谋钉死耶稣的该亚法的岳父。

④ 该亚法，犹太人大祭司，据《圣经》记载，他不仅主谋钉死耶稣，而且在耶稣受难后，还迫害耶稣的使徒彼得、约翰等人。

怀那么合理的疑问，只有疯子才会认同"羔羊"的高深莫测的不确切回答。

正如今天或者明天的任何一个基督徒一样，我不能为耶稣而死。为他发疯，更不可能。他的牺牲既硕果累累，又毫无成效。我与所有人一样，持中立态度。基督教处于没落，耶稣正从十字架上走下来。大地将在人的面前继续伸展，在人发现其他错误之前，信仰的空白将吸收大地的养料，不会受到上天的惩罚。

很难确切说出何时教堂将沦落为单纯的文物，而被犹大的血的象征洗净的十字架将嘲笑审美猎奇的徒劳无功。在此之前，我们依然不得不在心灵的苏醒中承受令人窒息的信仰煎熬。

基督教屡屡让我怀疑，一种痛苦的逆反情绪代替了怀疑和涂着香料的探求的冠冕堂皇。我不能在其中呼吸。令人窒息的气味，心头感到堵塞。它的神话已经过时，成为空洞的象征，兑现不了许诺。两千年可怖的迷失！在心灵的旧什物中，它依然引发模糊的回响，震荡在关着窗的死气沉沉的房间里，承载着生命的尘埃。它对于我毫无用处，无论是在困扰的时刻，抑或焦躁不安的情感低谷。我曾偶然呼吁过它，从一开始就知道一个过去，太过遥远的过去隐藏着多少无奈。

这个基督教——在某些短暂的温和时期是那么激荡

人心——既不包含某种骄傲的文化，也没有激情的极致表达和自我的发展迹象。在思维的飞翔迫使你进入的严酷的孤独中，如果求助于它的学说，你就会变成无名的废墟，在芸芸众生中灰飞烟灭。在它那里有那么多解体的胚芽，太少清洁的空气——一个没有*山*的宗教，只有丘陵没有山峰的宗教，饮鸩止渴的饿汉们的宗教！

当它接近我时，我必须有音乐的储备，来阻止它邻近的毒气散发。我不能与它和睦相处。于是，我把家变作药房。

我在书本、风景、乐曲和激情中找到了治疗心灵之恶的药物，因为受基督教诱惑的东西皆是涂上了蜜的毒药。人们不懂得心灵之恶即是基督教本身，服了这样的药必死无疑。

阅读《旧约》的任何一个先知言说，血液突然在血管里更活跃流动，脉搏跳动加速，肌肉推动你行动、决断、辱骂。在《旧约》中，人是在场的。在《新约》中，在粉碎性的魔力下，在催人昏昏欲睡的圣油的潜入下，你精疲力竭。福音书的作者们是扼杀意志、欲望和自我的大师。阅读圣徒约翰，我梦见自己抱着枕头痛哭，抱怨人性的软弱，或者梦见自己变成阴曹地府强要买路钱的鬼魂、天堂和堕落的女人以自慰。人类不知道更持久，更不枯竭和更迷蒙的歇斯底里的根源。在基督教极度虚弱的连续多个世纪中，人通过自身的虚弱来得到安慰。但今天呢？什么东西会比它们更令人厌恶？一个令人恼怒的场面，没有惊喜，没有激情，基督教中没有任何东西在震颤，表明对于活力，对于直接的强权的渴望。在它的源头，嘴唇是干枯的，不论我吻多少圣像，眼睛、虔敬、希望无不向着其他的方向更热烈地燃烧。约旦的海市蜃楼穷尽了各种色彩，在它的整个土地上再也没有大气变幻的可能。钉死耶稣的大十字架的芳香向着天空散发，而天上之泉不再能解渴和滋润芸芸众生。耶稣的世界还能使谁着魔？

东方的药物两千年来迷惑了人。天主教——拉丁犹太教——把富有穿透力的烟灰撒在了地中海的沃土上。它如何能在地中海的充满阳光的神圣海岸上"开花结果"？基督教是对太阳的一种逆动，而在天主教的形式下，则是对太阳的视差攻击。任何宗教的模糊作用不正是迫使人避开生命之源吗？耶稣从容不迫地取代了救星的地位——多少世纪以来，在渴望无尽温暖的视野里，埋葬了多少最喜欢幻想者的消瘦身躯。透过眼泪，人看到的不复是性感和幸福的水仙女，而是被吊死的白骨，责备着自己碌碌无为虚度光阴。教义问答和《圣经》阉割了人。阅读它们，岂不令人厌恶基督教的无限腐朽，一旦置于阳光下，太阳将何等痛苦！太阳还容许任何一个基督徒在它光照下吗？

西班牙之魂通过天主教自愿地给自己戴上了镣铐。它是害怕直面太阳吗？它是害怕逃亡到太阳里吗？

意大利出于害怕暴露在*过多的阳光下*，建造了大量教堂。对于意大利来说，基督教是一个坟墓，可以保护他们避开苍穹，建立一个没有上帝——很幸运——的地上天堂，难道不是这样吗？——因为，存在一个地上的天堂，一个没有杀戮，人敢冒风险挚爱的蔚蓝天穹，是必要的。因此，南欧人避免了基督教的灾祸。代之而起的，则是用空洞和危险的幻想自欺欺人，画饼充饥，狂热地想象着永恒的春天和无形的天堂的梦呓。

没有基督教，南欧各民族或许注定会获得幸福。他们为什么没有承受幸福之重？两千年来，他们的*眼睛毫无用处*。他们盲目地生活着——在光彩夺目的环境中。基督给他们提供了看不见的东西。没有花，只有刺；没有微笑，只有悔恨。世界的表象变成了痛苦的原汁，而错误——无价值的芳香——变成罪孽。种种魔力蜕变为内疚。一切变成了*道德*。没有无用的创造的任何地位。

……这说明为什么在我们的不经意间，耶稣受难的十字架的木头腐烂了，钉他的著名大钩钉生锈了。

14

　　我品味死亡之果比生命之果更经常。我没有伸出贪婪的手去摘取它们，即使饥肠辘辘，也并不急不可耐地去榨取它们的汁液。它们生长在我心里，在血的花园里，它们快乐地开花结果。我梦见在心灵之岸上观望，发现虚空与和平的安静大海——而我在恐惧的汗水强化了的浪花中苏醒。

　　我由悲伤之果的基质组成。当我要发芽时，却在青春期发现了死亡。我走到太阳下，渴求着无限和希望——而它正带着温暖的光芒走下来。在黑暗中，它像音乐一样在我周围旋转，而我正在走向死亡，品味着黑夜中死亡的壮丽。

　　我不存在于任何地方；借助死亡，我存在于所有地方。它靠我喂养，我靠它喂养。离开了死，我从来不想活。我应该把握哪一种状态：生抑或死？

15

　　渴望消失，因为各种事物正在消失，生存的渴望如此严重地令我烦恼，在时间闪烁发光的环境中，我感到窒息，思维的薄暮用大量的阴影覆盖着我。我看到时间掩盖一切，希望一切摆脱时间。

　　通过敬神来求得众生永世长存的需要，心劳日拙地把他们从自然的消亡中拯救出来的急切心情，我觉得毫无意义。我不知道有什么东西因为不能通过心灵的激烈骚动使它免遭消灭的规律，所以应该得到爱，而不是遭到恨。我希望一切都存在。一切只使我产生暂时的焦虑。世界正在摆脱我，因为世界并不存在。欲哭无声的泪水没有因为这儿的悲惨而凝固无形；它们在我心里死去，为敬神的徒劳而感到悲哀。为什么"天堂入口"没有在时间中联结起来？或者我没有足够的恒心？

　　对于世界，你应该慷慨。你挥霍，浪费它的生命。它是乌有之乡。通过我们的慷慨大方，它呼吸吐纳。离了我们的微笑，花或不成其为花。我们天资的薄弱将大自然归结为观念，而由于感觉的微薄，树木不再绿叶满枝。心灵保养着切忌虚构的脸面。因为，世界是我们的孤独的——表面的——修正。

　　崇拜神化上帝。同样是崇拜将风景变成绝对主宰的影子。感觉的释放促使天空面对大地变得苍白无力；思想的魅力依靠心灵乐曲的滋养，而你在山谷里谛听着众星的协奏。

　　我毕生为多个主人服务，每一刻都雕琢着自己的面貌。如果消逝的事物知道我多么爱它们，它们或会获得一颗心，只是为了我的痛苦。我没有漫不经心地诋毁过世界上任何东西。所以，我焦躁不安和疲惫不堪地滑动在世界的虚无缥缈间。

在大地缺少的思想中，传来黏土的召唤和它的乐曲。我作为使徒，同耶稣一起葬在上帝那里——而最偶然的女过客的一瞥使我立即扎根在时间之中。在离别之际，我摘了花，撕裂的心勾画出看不见的拥抱——我的主人是父亲，或许是儿子，魔鬼和时间，永生和其他的灾难。我是碌碌无为者的奴隶，偶像的臣民，热情听话，向着世界的各种面孔膜拜。因为，未来是一连串的寺院，我在其中飞快跪倒，把我的踪迹留在了它们的废墟中间，剩下的只有这颗心——厌烦的废墟。

为什么心不能拯救世界？为什么它不能使各种事物变得永远芳香常驻呢？

我想起了一个朋友在喀尔巴阡山的天知道哪个山脚下所说的话："你是不幸的，因为生命不是永恒的。"

16

突然，宇宙在你的眼睛里熊熊燃烧。它们的闪光如同黎明时分的星星。心灵的灼热笼罩着天空。

凭借什么样的奇迹，自我在空间的寒气中燃烧？心灵如何如此紧密地依靠并非特殊的某个时间？

你把自己的疆界推向无限，无限的信号用它们的主干装点着你。在一个并非终极的世界中，你没有了边界。

你过去是孤独的，未来依然是孤独的。永远孤独。通过你的感觉，喷射出无知，物质的快乐和健康的甜蜜感受都不存在。你的爱情用黑字写在宿命的石板上：同任何一个女人你都没有好结果。

你喜欢逆境和磨难；你勇于面对腐朽的时代。你不用任何一把钥匙去打开天堂的大门。不幸是守护着灾难的不熄之火的贞女。你活活埋葬在那里，在那里的燃烧着的地基上挖掘你的坟墓；因为，天底下的任何骗局都不能改变你的命运。爱情更悲惨地把你埋葬在它下面，爱情——命运的最大灾难。

站在你的头上不容易。站在世界的顶峰稍许容易一点。但愿我是自我航行的一个港口！但我比世界更广阔，世界无非是乌有之乡！

17

我阅读了人之书，翻遍了书页，浏览了其中的理念。我知道各民族到达了何处，在精神探索中走了多远。有些民族热衷于创造某些公式，另一些民族则努力显示某些错误或者借助信仰来凝聚仇恨。所有民族无不出于恐惧虚幻的幽灵而耗尽了底蕴。当他们不再相信任何东西时，生命力不再能支撑繁多的欺骗的蠢动，屈服于没落的焦虑，枯竭的精神的消沉。

我从他们那里学习到的东西，他们的曲折变化在我心头引发不可遏制的好奇心——犹如散发出思想的腐尸恶臭的一潭死水。我所知道的一切源于无知的狂怒。当我所学到的一切消失时，虚空，面前的虚空世界，使我开始理解一切。

我曾经是雅典的怀疑主义者，罗马失去理性的疯子，西班牙的圣徒，北欧的思想家，英国诗人们的炭火灰烬的同道——无用的激情的浪荡子，一切灵感的孤独和落魄的崇拜者。

……在他们前头，我重与自我相遇。离开了*他们*，我重新走上了自己无知的探索之路。走过历史弯路的人严肃地回归自己。在思想的磨难边缘，人比在充满潜能的天真微笑的初出茅庐年代更加孤独。

大自然的时代变迁不会沿着你的事业足迹前行。你需时刻加速，无情地付出你的辛劳，没有人会给你揭示沉睡在无知中的种种奥秘。世界隐藏在无知中。想在它中间看见一切，只需默默静听就足够了。既不存在真理，也不存在错误；既不存在客体，也不存在想象。把你的耳朵贴着隐藏在你心里的某个地方的世界，它无须显示自己的存在。你心里存在一切，有着思维大陆的富饶空间。

没有任何东西在我们之前存在，没有任何东西与我们共存，没有任何东西跟随我们。大自然的孤独是一切的孤独。人是一个从来不存在的绝对。

有谁能如此缺乏骄傲，以致容许有东西在他之外存在？在你之前，歌声回荡过，在你之后，黑夜将在诗中继续，你依靠什么力量承受？

如果时间中断，通过某种生存的奇迹，我不是世界生成和解体的同时代人，那么我过去和现在的存在，甚至不足以引发丁点微弱的惊奇战栗！

18

昨天，今天，明天。奴仆们的范畴。我走过芸芸众生的条条道路，遇到的只有这些人——男仆和女仆。

看一看用来预先遏制习以为常的慵懒的那些词——请你醒醒吧！

爱情在庸俗的热情中增长，在理智的清醒中减弱。

心神迷醉的愚昧很容易重复，因为任何一个阻力都并非发生自一个清醒的大脑。"生长并繁衍"——一个奴仆世界中的天命，那是天生向着人间的情感开放，不能享受没有蹂躏的快乐的世界。

音乐盲——男人趴在女人肚皮上达到极乐，偶尔快活地发出一声哀叫，将排泄脊柱中的可疑灰质称作幸福。

……你这样在凡人的无垠蚁穴中翻滚，打发着昨天，今天，明天——徒劳地寻找着易得的快乐。女仆们准备好了。你也进入了霍拉舞，下流地挽着大家的臂膀，向轻松的命运屈服，忘记了你的厌恶，也忘记了你自己。

19

巴黎、南欧和巴尔干之憾……

屋里屋外霉菌丛生的季节，墙面上，历史撒满了煤灰……威尼斯更是面目萧索，缺乏巴黎四通八达的街道那种充满魅力的希望。我走在巴黎的小巷里，与运气的踽踽踌躇相关的所有烦恼，使我觉得身体在轻微摇晃，满心怀疑加在这个疲惫的城市头上的种种荣誉称号。在这里我能相信什么？相信人？但他们已经成为过去。相信理想？在经历了那么多事变之后，已经没有什么理想可言。所以，我在筋疲力尽的法国小憩，品味它心灵厌烦的魅力。

雾霭将思想的影子渗透进巴黎，变成毋宁说是历史的表现，而并非大自然的痕迹。巴黎正处在浓云迷雾的时代。为什么我不能设想那是路易王朝统治下的产物呢？雾仿佛体现了一个现象，而非本质。大自然参与了历史的没落。

我回过头去看着房屋。每间房屋朝我回过头来。"走近过来，你并不比我们更孤独"，这是黎明和长夜里我的同伴们的耳语。你可以赞美意大利的城市，但没有任何地方你可以接近深入人心的事物。

在被夜的叹息净化了的更晚时候，我既没有期待，也没有烦恼，在圣塞芙兰教堂、圣艾蒂安·迪蒙教堂或者圣苏佩斯广场周围踯躅，迎来你不愿看到的一个早晨，空无一人的城堡跟随你向着沉默的广阔空旷天地升腾。你可知道离群生长在塞纳河映照出巴黎圣母院处的常春藤，倒映在你心里的什么地方？我常常同它一起走下河岸，担忧它伤感的弯曲枝条有可能被淹没。

正午，在短时丧失意识的心理暗示震荡下，你的心灵的真空随着花香尤显活跃。这就是"它"——这个城市的魅力，将美景的抚慰倾倒在心灵的不可治愈的磨难上，用不可触摸的魔法填补由生命短暂而产生的空虚。这个城市理解你。它在伤口上沉淀着。你以为自己迷失了：在这个城市里，你重新找到了自己。你不需要任何人；它在你面前。只有"它"才能使你摆脱一个情人——像她一样，它爬上了你的心头——而且，通过一种奇怪的迷失，人们更加热爱这里。我一直生活在它中间，离开它，我将同自己分离。

在它狭窄的小巷间，扑面而来的是昏暗，我从来没有从它们尽头看到过更远处的天空。但在大街上，天空忽然在城市上伸展，把在沉思的房屋上做梦的烦闷延伸至无限。

即使我能重温地中海上升腾起的全部蔚蓝和布列塔尼沙地上慷慨的泥火山，它们在一起也抹杀不了我对巴黎的记忆。每当我想界定它的魅力时，不由得颇感失落，不得不将之界定为：*不可能有蓝天*——云彩慢慢地消散；你观望着一缕缕蔚蓝，但它们并不交汇。它们不能布满整个天空，游离着，并不合拢。阳光透过游移不定的水汽散开，在一个朦胧的空间歇息着。灰色和白色的大气永远覆盖着什么：*天外有天*。巴黎没有"天"——你永远等待它，身陷光雾之中，把你对于得不到满足的蔚蓝思念失落在其中，一生的时光消磨在可见的天穹反复无常的灰白的色彩组合中，怀着见到天外天的模糊想法，尽管你并不知道自己是否希望有这样的不可见的天空。巴黎的仿佛荷兰的天空……

我始终习惯了它，即使没有任何人同意这样的想法，我也与它相伴。我抬眼望着它的变化无常，它的每一个面貌体现着我的不平静心境。它时时刻刻在变化，聚合，分散——海拔的或高或低，蔚蓝和乌云的怀疑主义魔鬼。人们经常在黄昏离开城堡，我如何能立刻走出热爱的任何地方，不去安慰一下与它相邻的高地？它是鲜花绽放的秋天，曙光的余晖。即使在其他一切天空下，你也始终把它放在自己心里。

……你腻烦了午后的暮色，于是往下走向南方，热衷于追寻春天，发现蔚蓝的幸福过早地找到了满足的毒药。千篇一律的日子的失望，蔚蓝的泛滥，无瑕的蓝天的饱和主宰着你的一切，你带着厌恶和腻烦向抚慰的源头望去。哪里能躲避这样明亮的天空，太阳的这般酷热无情，绚丽光彩的这般可怕重复？但你无心欣赏如此繁多的蔚蓝，也没有足够的思想空间容纳光的天真无邪照射，腻烦用它的毒汁滋润着强烈辐射的活力，计划着在单调的沙漠上建立思维的洞穴。你如何找到与这样的天空较量的幸福？实现这样的计划不啻杀死一颗在不断创造中诞生的心。

……这样，你转向腐朽的巴尔干，在那里——毫无价值的地方——黏土与人们一起冒烟。倒空你那被花香和胡思乱想迷醉的脑袋，打碎你在大教堂阴影下的梦想，而破衣烂衫的人们在其中打滚的恶臭堵塞得你喘不过气来，忘掉你那些风流作态。

那儿，天空覆盖不了任何人，因为它与人们一起完全迷失了。人们为什么停留在多瑙河畔和喀尔巴阡山的阴影下？他们天生眼圈发黑，满脸皱纹，未老先衰，从小体虚力弱。所有人都拥向黑海，但黑海并不好客，让人们目瞪口呆地干坐在岸边，痛苦地不能入水浸泡。世界上充满妻离子散的人们，你为什么要加入这些苦难者的行列？大自然在那儿的尸体上开花结果；春天在失望中微笑。黑色的土地，没有任何值得骄傲的步伐的温馨遗迹，侵入你的血液。你的血液正在变黑。你向天空望去，天空变成地狱。

这是个该诅咒的世界角落，时间耻笑你的无所作为，而你的不幸并未软化任何一颗寻求悲歌魅力的敏感的心！——在巴尔干人的眼里，世界就是一个贫民窟，在那里游荡着传播梅毒的娘儿们和专干杀人越货勾当的茨冈人①。

他们对于粪便的热情——其中清理厩肥成为吹着葬

---

① 即吉卜赛人，东欧习惯此称呼。

礼喇叭的喜宴——没有创造出任何一个好色的神道。什么样的爱好贫民区的星星落在了那儿？——涌动的蛆虫欢呼雀跃地跳着瘟疫霍拉舞！

单纯的反抗永远不会找到天使们的牧场。所有的希望正在被锈蚀，心灵的战栗正在枯干。不幸扩大着自己的场地。

在失落和得不到安慰的焦躁中，人们游荡在任何一个创世计划中没有预见到的边缘。他们逃脱了上帝的眼睛，绕过了魔鬼们的封锁——悲悼莫名的思想也记起了其他一些空间，竖起了希望的绞刑架，绽放着鲜花的每一颗心，无不将自己的梦与一根绞索联结在一起。

20

由物质的种种偶然组合构建而成的血肉之躯，居然能持久顶住日常发生的那些意外事件，凭借的是什么奇迹？心血来潮的所谓灵感将你——出乎你的想象——抛进了生活。但是，你能够始终如一，站在不知是几重天的立场上，如此难以让人理解，因为我可以很快理解一个永远的酒鬼，却理解不了一个永恒的救世主。在你阅读了佛陀或者其他宣扬彻悟的投机分子之后，你或许会到处乞讨牛肚汤。

难道先知们不怜悯他们自己吗？怎么会无动于衷地在没有出路的静修升天的陡坡上盲目滑行？彻悟云云，无滋无味，而不完美的芳香用它们的堕落的诱惑误导思想。神启的单调继续使宗教变为如此不合时宜的说教。大地因其没有体系而赢得人心。踩在地上，你十分清楚地知晓，自己不会在任何地方抛锚，因为它的不可承受性比大海更甚。哲学家，导师和慈善家，纷纷跑去追随信仰和表达忠诚，躲避到了另外的地方，对地上人间表示蔑视。他们知道，大地意味着*直面事故*，也就是说面对反复无常的灾难，在难以驾驭的人间天堂又能怎么办？

我在大地上拖着自己的骨头苟延残喘，我留在地上人间。我能到其他什么地方去？心怀更强烈和更严酷的欲望，在哪里我能平复自己的愤怒？与周围活泼的傻瓜们在一起，快乐地怜悯他们的空虚，遏制远行的欲念，在与不存在的同类敌对中，你将实事混同于幻想。一种莫名的烦恼出现在贫瘠的大陆。

为了阻止佛陀修成正果，魔王把载歌载舞的美女派到佛陀面前，诱之以色。她们施展三十二种欲念魔法，却没有成功。于是加倍施展，增加到六十四种，也没有成功。至福的佛陀不为所动，魔王黔驴技穷，无计可施。

这位神圣的王子承受着垂死的肉体的折磨离去——这是与虚空永远共生的象征！如果佛陀经不住诱惑，那么他的绝对存在的景色中的双关意境，或许会被推崇为后世效法的唯一典范。诱惑的失败，损毁了所有这些启蒙者的形象，他们不愿**贪生而背叛虚空**——其实，生也是虚空，但包含着较多水分。

音乐正在替代宗教，以拯救修道，使之免于抽象和单调乏味。那么音乐家们呢？*富有情感的修道士。*

21

如果蓝天会燃烧，那么它的火焰或会弯腰燃向人的头顶！月亮下既没有天穹的宁静，也没有晴朗的妩媚或者恬静的微笑！而是疯狂的星星们的暴风骤雨，击打着思想的突发寒战。

当你的烈火将雷鸣抛向高空时，情况又如何？在公园的林荫路上，你看着树叶毫无生气地颤抖。但是，树枝在星星们的烈焰中点燃了。几重天埋葬在你心里，多少过气的神明借助公墓考古下凡，对着火光哭泣，而在血中扇动翅膀的天使们心里又有什么回响？

我不会注视躺着孤独的偶像和饱经波折的耶稣们的过去。我为何去惊醒被杀死在晚祷中的黑夜的痛哭幽灵？我没有一滴泪浪费在十字架和山冈上，更没有一时的复活愿望。而是在世界的动荡不安中，做一个乐曲的造反者，把我的血的声音倾倒在空间号角的废墟上。我为何要停止开始奔驰的脉搏，以及被旷野和歌声困扰的肉体？

我不想在死水上，而是在被海涛的泡沫合围冲击的岩石上梦想大地。

22

精神的勇气损害生存。但是，踩着什么样的轻柔脚步才能不踩踏在它的碎片上！我们惩罚自己过度的勇气和对真理义无反顾的觅求，对于被贪得无厌的精神侵蚀的理智残余则太过温情。

有什么比浮现在一切之中，时时失算的思维的骄傲更美妙！一种渴望冒险的精神是不屈的和厚颜无耻的，充满疑问和狞笑。我们通过穿透种种表面现象并把毒药抛在表象上的巨大痛苦提升自我，来品尝毒药解体的滋味，破除毒药表面的迷惑力。在哲学鬣狗的狂热和豺狼的白日梦中，意识变成了行动和行为。突然，你收拢翅膀下降，把爪子刺进你底下的实在。精神是鹰和蛇，爪子和毒液。有多少死角留在你的事业中，构成一个促使精神深化的问题。在认识中，揭示出野兽掠夺的本能。你想主宰一切，将一切据为己有——如果不属于你所有，就将其砸为碎片。当你永生不死的渴望穿越天穹，傲慢之虹高过一切理念之时，怎么肯放过任何东西呢？！

一旦你毁坏了思想及其形象，傲气就会减弱，悔意将覆盖骄傲的步伐后面留下的旷野。于是，你开始人道地对待无生命的事物，痛苦的胆汁变为涂在人们伤口上的橄榄油。认识使现实流血。精神的高傲像一个致人以死命的天穹，覆盖着现实。

但是，当我们从危险的探险中归来，低下头来，用潮润的眼睛朝我们渴求真理的欲望所开垦的表象的花园望去，又会有几多柔情！难道我们不把被精神的长矛刺中的人们抱在怀里，不回头去看我们射向他们的新箭？你与世界和鲜血和解。但在你的痛苦中包含着如此巨大的喜悦，以至你用不可见的翅膀，抚慰着所有被你那极具杀伤力的清醒意识击倒的人。在精神的魔鬼般的冒险的尽头，你宽厚地改变面貌，来补偿对于种种徒劳的魔法的漠视，舍弃了这些魔法，你无法生活！

23

饱受生存境况的缺陷折磨，被时光日复一日的无谓流逝磨损的芸芸众生，多么庆幸自己并没有只凭一闪念的心血来潮，来处理情况紧迫的事务！在一颗被世界的空虚侵蚀的心灵里，复仇的顽念乃是一种强身的甜蜜食物，瞬间即逝的重要因素，在普遍荒谬之上产生意义的冲动。各种宗教仇恨一切高尚、荣誉和狂热的东西，用卑怯毒化心灵，排除了心灵的新的骚动和激烈的底蕴。宗教指责人需要通过复仇来捍卫自己作为人的尊严，没有任何东西比这种指责更加荒谬。要求你原谅敌人，为他提供可笑的怜悯心所发明的种种假面，以便周围的爬虫们——本能驱使你将其狠狠踩在脚下的爬虫们，肆意唾骂和抽打你的耳光，岂非咄咄怪事！

人就是人，缺乏宽容。有人对你做了坏事？仇恨在你心里发酵，莫名的痛苦缠绕着你，使你沸腾的血管变冷。深夜里，当寂寥无声的宁静笼罩着你时，思想并没有进入彻底的遗忘——你痛苦，愤怒，周身的肌肉筋骨在燃烧，恨不能把最猛烈的毒药注射进敌人的五脏六腑。你如何能以另一种方式延续自己枯燥乏味的人生？

你可以在任何地方发现敌人。复仇的思想保持着连续的火焰，比任何快感更强大的一种绝对渴望将你推到这个世界面前，对你的愿望和年龄大加赞赏，因为你年轻，困顿，贪婪名利和翻天覆地的作为，期望自己顺利成长，没有令人不快的强烈仇恨和怨愤！

好战的民族并非出于掠夺的本性,而是因为憎恶岁月的单一和缺乏幸福的理想,才显得血腥和喜欢冒险。流血的顽念源于无限厌烦,不可承受的安逸。个人也是这样。他们如何能容忍自己无所事事地漠然张着大嘴,猥琐地傻乐着苟且偷生?

应该怎么对待一种不很令人失望的宗教引导我向往温驯和其他世界?怎样对待自己的平静?我不能与自己、他人和事物融洽。与上帝也格格不入,同他无论如何也不能融洽,愚蠢地怀着敬仰之心留在他冷冰冰的怀抱里?但我不需要一个精疲力竭的老婆婆们的窝。在这个世界的刺丛中,我歇息得很好,而当我激怒时,也变成造物主及其所造万物身上的一个刺。

我爱英国的血腥过去,还有它的风尚和文学中的海盗故事,以及犯罪和诗歌的动人的风暴。难道还有什么民族在其作品中鲜血更汹涌地在诗行中爆发?或者有某种更奔放、更神奇地反对道学、更壮观地描述谋杀的灵感吗?但这个民族止步在议会大门口的结局又多么可悲!昔日渴望流血、劫掠和新鲜事物在海上漂泊的海盗们,今又何在?

一个民族在冒险、漂泊、无家可归而怀念家乡的时代赢得了声誉,那是仇恨、报复和荣誉向着远方的世界敞开心胸,将功业当作生存的重要动力。随着英国人停止血腥暴力，把幸福看得高于胆量，财富的狂热、疯狂的金钱无可逃脱地进入了可耻的没落，进入了簿记、交易所，进入了民主和垂死。理性——扼杀民族和个人进取的理性入主了他们的生活。一个安居的民族——是一个衰落的民族，正如一个安分守己的人一样。帝国无不由没有正当职业的痞子、混混流氓、凶悍好斗的恶棍们创造，在议员、意识形态和原则引导下走向消亡——拿破仑本是个有悖常识的神经错乱者。法国在他统治下"无端"受苦。但是，一个国家只有通过冒险才存在。在法国人喜欢为激情和光荣而死的时代，一个巴黎的悖论比一份哀的美敦书更沉重和具有决定意义。形形色色的沙龙决定着世界的命运，理智的背后隐藏着火焰，风格乃是统治的渴望的民间花絮。精神支撑着穷凶极恶而又遮遮掩掩的厚颜无耻。启蒙时代多样而清晰地表明暴力徒劳的装腔作势和学术界对权力的失望。

一个民族一旦开始保守，消沉或者厌倦地一味抱怨光荣和英勇的劳苦，那就意味着它正在走向消亡。

显赫荣耀和无为而治的愿望是一个民族的最高托词。自我感觉良好——则意味着它的死亡。

24

你生于不幸的民族,凭什么去惩罚厚颜无耻的命运女神,凭什么通过辩解来美化破衣烂衫?在喀尔巴阡山脚下,世界的进程与人们擦肩而过,阳光淹没在牲口粪土和庸庸碌碌之中。没有任何理想浇灌这群东方边缘的奄奄一息的快乐臣民。

醒来吧,厌烦正在杀死你。痛苦的祖国的侵蚀性的真空,以及散布在她的儿子们心灵中的悲伤,驱使你走进小酒馆和妓院,以在贫民窟的醉生梦死中忘记国家多少个世纪来的痛苦,忘记心灵的创伤和草原的暗淡无光。你醉酒和诅咒,为的是不下跪祈求。

你为那么多过着非人生活的同类感到悲伤,用林中空地和果园来装饰故乡的旷野。在森林里,瓦拉几亚人①减轻自己的苦难;在森林里,你用瓦拉几亚人的称谓来安慰自己。

作为流淌着达契亚人②血液的后代,尽管可能混有其他不确定的和混杂的族系的血统,但并不妨碍自己拥

---

① 罗马尼亚人历史上的旧称。
② 罗马尼亚人历史上的祖先。

有幸福的思想，我们的血滴在一连串的失望中凝聚着遭受种种挫折的民族的遗产。叹息和诅咒曾经是我们的战略，从某个毁灭的星星上掉下来的牧羊人在排着队上天入地。

天生的奴役熄灭了一个饱受苦难的民族的荣耀感。人的高傲与他们无缘。放牧羊群而不是理想的牧人，甚至不知高傲为何物。

即使我有天使的纯真和儿童的信念，也不是一个轻信的后代。我生来就有清醒的眼睛——比呼吸吐纳的器官更清醒，不惜为自己的骄傲流血牺牲，把诋毁自身价值的奴仆民族一开始就压在身上的枷锁踩在脚下。他们不会达到任何目的。磨难是他们的命运。

我再也听不见他们反复无常的呼声。他们的苟且生存伤害了补偿失望的一切。任何希望皆是鲁莽行为，而充当先知则是一种犬儒主义的练习。

他们的心仿佛被勒上了肚带，为了迫使它按照朵依娜舞①的节拍哭泣着跳动，而慷慨的时间也被勒紧了腰带，以免它加速步伐奔向未来。

"这是什么民族？"焦躁不安的头脑向你发问，"它

---

① 一种表达愿望、悲哀、反抗、爱情等感情的罗马尼亚民歌和乐曲。

的进程在全世界没有听说过。"

"在我的失望中听说过。"

驼子的命运，由谁来矫正？老天做着鬼脸，仿佛鄙视瓦拉儿亚人的无所作为——鄙夷地把他们从天空扔下；仿佛是一个理想的牺牲，解脱了任何使命。

希望在何方，你为谁骄傲？

无限悲惨的贫困民族，生来就是为了加重悲惨地出生的人们的悲哀……在丧失了荣耀感的国家的没落和困顿的意识中，不再需要未来，瓦拉儿亚人的不幸添加了心灵无限阴暗的一个沉重阴影。这个放牧民族思想中萦绕着过去和现在的尼尼微城①的悲惨命运，只能苟延残喘。多少个世纪来卑躬屈膝地乞求精神没落的反面魔力，还可能有什么其他价值吗？

……多少年来用笛声向你们呜咽诉说的祖先们，在我心里不复存在。你们的歌没有在追求甜蜜的迁徙和幸福之乡的渴望中得到回响。与你们在一起，我将孤独地死去。我的尸骨将不会给你们讲述我在哪里丧失了自己骨髓的尊严和大脑的灵光。

---

① 古代亚述人口最多和最古老的城市，建有号称举世无双的宫殿，以及一座巨大的图书馆，收藏有两万多块刻有楔形文字的泥版，其内容涉及文学、宗教、政治、数学、植物学、化学和词汇学等。公元前612年，遭巴比伦人、斯基泰人和米提亚人劫掠并焚毁。

二

25

假若我指挥军队,将直言不讳带领他们赴死,不用种种谎言欺骗他们:并非为了祖国和理想,也不是为了某种欺世盗名的补偿或者天命而战。我将告诉他们一切——首先是生或死皆毫无价值。除非以精神失常的名义,你不可能正直地进行鼓动。无论如何,牺牲,即使是最微小的牺牲,无不是不可弥补的伤害。

死是一个幻影,正如生一样。除非知道生死的意义既非失,亦非得,我不能死。

尽管如此,曾有过试图不自欺欺人的军事领袖……

你很难热爱马可·奥勒利乌斯①;但愿你不爱他,

---

① 马可·奥勒利乌斯(121—180),罗马皇帝(161—180 在位)。

这就对了。你夜里在一个帐篷里写着死亡和碌碌无为的一生,衡量着生命在军队的刀光剑影中的渺小!作为人的悖论,尼禄或者卡利古拉也是如此奇特。但这个思想家皇帝是多么伟大,他既没有拜在斯多葛派①学者门下,也不囿于某种二手的学说!在他心中成其为学说的一切皆是中庸的。物质、元素的观念,作为原则的任其自然——不复与任何人相关。体系乃是哲学家特别是皇帝们的坟墓。

在他的一切思考中,只有孤立的恐惧富有活力和成果。在最伟大的帝国中,头脑没有可以赖以支撑的东西,在最强大的统治中,最有权力者只拥有灭亡的观念。马可·奥勒利乌斯乃是衰落的奇观,产生自文化没落的符咒的纯粹象征。

大地是你的——而你除了野心,没有其他的落脚点。如果他不受某种学说的束缚,追随希腊的悲剧家们,那么人类精神会记录下多少惊叹!斯多葛主义强奸了他——这使我们感到窘困。而他本人,如果不是被学者们打扰,如果没有遭受学徒的创伤——若干军事行动的失败或许不会出现在他怀着令我们失望的善意加以否

---

① 古希腊和罗马时期的一个哲学和思想学派,主张美德是世界的内在特点。

定的思想中！

　　马可·奥勒利乌斯并无作为战士的虚空意识。我们失去了多么奇特的诗！单一的智慧使他避开了具有生活奥秘吸引力的种种矛盾。在这个罗马皇帝心里有太多的承诺，太多的妥协，太多的对思想极端的愧疚。最后，有太多的*责任*。他是应该受到尊敬的，但带领军团走向扩张，怀着等同于征服狂热的某种蔑视！——我们在生活中真正体验到了激情及其对立面。不服没有毒的药，反之亦然。当你往上爬坡之时，同时是在下坡的对称点上。只有这样，没有任何东西逃得出你的生存掌控能力。

26

　　对于我们的所有问题，"**腻烦**"的回答是同样的：这个世界是一个陈旧变味的世界。

　　所以，你决心做反对"**它**"的一切。

　　"*新*"只存在于我们心里。它既不存在于事物中，也不存在于生灵中。"**现实**"是一个表象的仙境，只要你的歌支持它们的舞蹈节拍，它们就讴歌你。没有我们的控制，支撑称之为生活的大阅兵的面纱将化为飘浮的幻想羽毛——从极目所见的一切中，甚至连骗人的现实的影子也不复存在。

腻烦的作用在于撕碎那个面纱——我们将有足够的歌声的力量，能够将它的波浪发送得更远，覆盖存在于我们的想象烈焰中的虚拟世界吗？

整个思想乃是内心音乐的一个装潢亮丽的骗局。

在世界的背面，并未隐藏另一个世界，虚无藏不住虚无。无论你怎么挖掘寻找宝藏，结果都是徒劳无功：金子消散在心灵里，但心灵远非是金子的。那么，你想借助无用的考古学来诋毁生活吗？踪迹无存。有谁会留下它们呢？虚无不会沾污虚无。如果根本不存在所谓底下，那么何来底下的脚印？

你依然是在表象的浪涛中踏波逐浪的掌舵人，并不下船走上隐藏的地层的土地。非现实性也是如此。无论你在大海的表面抑或深处，除了你所在之处，不可能知道其他任何地方。而你无处所在，因为无处所在即是处处存在的广阔的乌有之乡。

梦并不比熟睡或者白天的辛苦劳作更具欺骗性。梦处处存在。夜晚的不可触摸的幽灵，或尤其嫉妒传闻中斗嘴的鬼魂？！组成世界的各种生灵竞相出现在幻影中。

就对于一个幻影世界的热情而言，人堪称名不虚传。

但是，你，继续走你的路吧，怀着沉思的热情投射出你的光,照亮你的路,犹如一个怀疑一切的太阳。

27

如果你天性并不向往完美和业绩,那么有什么东西严厉地推动你去实现自我呢?如果找不到任何反对懒惰的证据,那么是什么引导你珍惜光阴和热爱工作呢?在你窥见了时光的廉价实质之后,何来浪费光阴的悔恨呢?

每一瞬间正在永恒地消失。虚空的一个"一会儿"驱使你的呼吸与世界交叉。你拖延某事,就始终拖三拉四。死亡就在面前,而你不能控制它——生的可能无可挽回地丧失。

如果那个不幸的"一会儿"不跟踪我,我的感觉记录不会增加任何东西。我或将把一切留待老年来考虑。没有受到死的召唤守候的人,有无限的时间。因此,什么也不做。任何事业——首先是你的事业——源自死亡的不变顽念。死亡的召唤创造意志,强化激情,激发本能。行动的焦虑乃是死亡在时间中的回声。如果我感觉不到自己任何时候都向着死亡开放,没有可以防御它的掩体和堡垒,那么我什么也不懂,什么也不想懂,什么也不是,什么也不想是。

但我看到它就在这儿。我看见它。我逃避它，而你靠拢它。我既是它，又不是它。我身上的伤口是它的皮疹。我遍体鳞伤。

我伴着失眠的夜曲常常隐约看见黄色的晨曦和正在醒来的行动迟缓的事物。鸟儿对着好似永远与白昼疏离的大自然啾啾唧唧鸣叫。我的思想也啾唧地叫着，但向着黑夜倒退。于是，我看见了死神的紫色闪光，徒劳地试图把自己塞满短暂的曙光，膜拜早晨。

……如果我记得自己从中学到某种东西的一切，那么就会觉得它们的吸引力的奥秘来自死亡的邻接。由于它们永远处在边缘，居于认识的天然领域。在它们的声音中，贯穿着物质的深奥的濒死状态，及其纤弱和痛苦的命运，其话语显得沉重和无用，神经质和苦涩——处于大灾大难、凋零没落的观念。我只在它们的心灵中遇到温暖。从中散发出深思的芳香，带着沁人的香气的格言。疾病和活力的介入奇特地推翻了自然结构，因为它们不存在于任何地方，又无处不在。隐藏在生命嫩芽中的恶——观念中的秋与春的共存！我只爱不把自己拴在任何一个季节中的那些人——在他们周围，尽管笼罩着死亡，我却忘记了精神的气候，变成与它们同在的精灵。

28

芸芸众生并不羞于存在，我很早以前就知道这一点。我并未因此而停止对它们轻信的步伐，怀疑而没有痛苦的眼睛，对于作为直立的蛆虫的自负姿态感到惊奇。我从未见过他们感激大地，怀着真情的虔敬膜拜过大地的时鲜果实。崇拜乃是孤独的结果。每日生生死死的凡夫俗子们——永远将精力花费在快乐的感叹上，永远有那么多的幻想，觉得他们的脚步踩在一个天鹅绒的宇宙上！可惜并非如此！人所经之处只是灾难和表象的扭曲。在这个世界中，我没有见过用来充实空间并使苍天失色的焦虑。整体生命只能在一种共同的醉生梦死中忍受，阳光下没有任何东西比醉生梦死更稀罕。

太阳发光是为了我们温暖自己吗？黑夜覆盖是为了我们用睡眠覆盖自己吗？大海是为了我们征服它而存在吗？——自从"用"字出现在世界上以来，世界就不复存在，不复神奇。只有崇拜存在于万事万物本身，而生命离开了因它引起的痛苦的幸福眼泪，就不成为生命。我同它一起耸立在它富有迷惑力的牧场上，而我的颤动着的心饱受一支毁灭性的歌的折磨——我含着眼泪拥抱并付出血的代价加以蔑视的大地如何吞咽我？我将在它底下，只有作为坟墓才是永恒的它的底下腐烂？难道你没有心动过将墓地迁至一片更纯洁的土地？

……这样，你终于以同样的热情沉浸在诞生、青春、死亡、虚空和永恒中——不关注目标，厌恶价值和完美。无论走到哪里——都是相同的事物。你说：长生不老，因为你的思绪折断了时间——而当思绪被时间折断时，你会说：没关系。

血管因温热的呼吸而膨胀——于是，你因希望而战栗，并对自己说：*生命*，*青春*，不无动心地想着爱情和未来——或者，当其中只有种种想法，以及恐惧的微风带着痛苦的平静在悸动时，你不由得对自己说：*死亡*，而时间的所有野草在你的心灵里疯长着。

于是，你注意到了自己作为表象的着魔者的作用。你怀着病态的热忱继续依附和摆脱一切，依据环境盲目或者清醒地耗费着你为之做出了奉献的无限短暂的生命。

29

如果虚弱的头脑没有挖掘夜间激情之恶，我或会中断睡眠，为黑暗抹上春光。但我没有足够的精气来浇灌夜的嫩芽……我经常勉强徒劳地守护着它们的安宁，面对着我自己，昏昏沉沉，头脑停止了思考。

在观念的平原和感觉的麻木的真空中，我想发现什么？你很希望前所未见的害虫咬你那疲惫的肉体，让血煎熬你，变成你的灵魂。

没有着魔的毒药，就出现不了曙光——我们的伤口在黑夜结束时突然爆发——你在流血吗？那时，晨曦窥伺着你，阳光在你心里发酵。

正在诞生和鲜活的一切，无不源自与光斗争中痛苦的激化。白昼？我们的毛病的康复。

曙光的没落……

30

你疲于知道那么多，更疲于对它们加以阐释，不由得羡慕朱庇特以雷电霹雳代替言辞。

让声音在纸上行走，秘密在话语中经过！精神想阐释心灵。恶性的错误界定人；它的*内涵*界定文化。

解读之病——反对潜在性和音乐之罪……

借助话语，我们减轻种种包袱，我因此或会更加充实。我没有写的那些东西，自己没有写下的那些东西，原封不动存在着，无限地呈现着。

精神咬住*机*遇。我们所说的文化乃是对于我们的源泉的一种遗弃。世界的各种虚无之物借助词语变成我们定价的实在之物。词句赋予创造者的尸体以生命。你说过的任何言辞不复属于你，连你自己也不复属于自身。

即使是我知道的一个夜晚，夜不复是我的夜晚。爱情也不复是我的爱情。

31

我看见自己身边的肉体，看见我的肉体和无处不在的肉体。温和柔情的行尸走肉。借助肉体，灵魂懂得了什么是冷和热；借助肉体，蛆虫爬进了思想。

最纯粹的反思开辟着与永生不死相反的路，绝不给我们树立凡人不灭的偶像，因为那只是肉体的一个突发的寒战。肉体中存在某种腐烂透顶的东西。触觉可以感知的可怕的生命短暂性。死亡的绝对性被感觉揭示。哭泣中的欢乐和欢乐中的哭泣——乃是肉体的全部奥秘和基质。我在这儿感觉到它，如此相近，如此短暂，唾手可得——我看见它随后躺在墓穴里，周身发紫，发绿，好似做着平常的梦，涂上了以往的人生色彩，嘲笑着以往的反骨，那是爱情曾经在其中发酵的死人巢穴。

生存：冷热交替。外加上某些希望。让我踩在身体上，消灭在思想下的捣乱和涌动，在体液中带着大量不可见的细菌的蛆原虫。噢，不！我将*同它们*一起在大地上，在它们天然的空间中前行。

宗教反对的"欲望病"，我将知道如何医治。我不会终止肉体天生的焦躁和自负的痛苦。我将充满牺牲精神追随肩负使徒使命的悲剧家。当在我身边，在我心里，在我的亲人中间，肉体在如此残酷的遗弃中挣扎时，我为什么要将目光投向天庭！

天啊！一声叹息脱口而出，透过大脑——人的身体就是如此。

因此，人体的关节发出模糊的叹息，将痛彻肺腑的声音融入骨头的咯咯响声中，随后在奄奄一息的衰竭中死去——在身体的冷却中，你感觉到了墓石和自己全部活力的丧失；种种欲望潜入了人的尸体、变质的血液，而在高烧中，欲望仿佛在一个光的地狱中蠕动。因为，人的冷漠将爱情的疯狂悸动变成了浮动的冰山，正如他的热情将反感和子虚乌有的情感上升为爱情一样——这样，你终于怀着恻隐之心抚爱他，触摸着他的濒临死亡的器官——受到身体怜悯的身体——并对你自己说：人的身躯多么无助！

32

瓦拉几亚人的命运。

你无须疾病鞭挞自己的灵魂,也无须命运压碎沉睡的大脑。只需不断关怀注定遭遇厄运的民族,而如果你把自己的心灵变作天堂的入门券,那么不可能找到力量充当一时慰藉的牺牲品。幸福的底下或藏着一根刺,比传说中疯狂的多头喷火女妖的爪子更凶恶、更尖利,将使你在遗忘的美梦中流血,将在你的并非祖传的血液中探查一种预兆不断的麻风病体液。与所谓的众生手挽手,与被虫子蛀蚀的理想的幽灵肩并肩,深陷在像脏抹布一样被抛弃的沮丧的泥潭里,生活变成一条逆来顺受的小溪,前景变成靠荒诞无稽的笑话调味的丑陋悲剧。是谁扼杀了一个没有过去的民族的未来?

你无论走到哪里,它的诅咒跟随着你,监视着你,你为它感到痛苦,因为,你多么憎恨一个世纪又一个世纪给它带来厄运的命运女神——宇宙没有因你诞生在不幸的空间而抚慰你。血管中感觉得到的瓦拉几亚人的不幸甚至造成一种厌烦病——而你在此已经厌烦透顶,是一个下意识的约伯。当命运使你清醒之时,瓦拉几亚人,你为何需要麻风病?一出双料的悲剧没有结局,剧情是彻头彻尾的悲歌！

但愿你甚至能藐视那个不幸。但它异常强大。你打垮讽刺，砍断微笑，粉碎卖弄聪明的轻浮。你想拥有良知。但如何才能拥有？你对自己说：你的国家是一个地面上的坟墓！——你越是珍爱不可复原之物，你的悲伤越是有增无减。任何一个罗马尼亚人皆是时间的囚徒。

你熟识瓦拉几亚的同胞和他们那好似出入沙龙的马贼般的虚情假意的狞笑。上千年的挫折降生了徒有机敏的自命不凡的小人，而得不到喘息的痛苦万分的农民则呈现出一副由污泥和李子酒构成的世界的面貌——以及守护着不复傲慢的死人的弯七扭八的木头十字架。在乡村的公墓里，你可以辨认出这个国家本身的象征，因为在荒草丛生的这个世界的任何一个部分，这些墓地都覆盖不了如此慷慨地遗忘的人们的记忆。罗马帝国在这个民族的血液里没有留下任何一滴血？这个民族没有借助片言只语继承高傲、自豪、权力的遗迹？甚至不配当罗马帝国的奴隶？我们在世界的经历甚至不能唤醒罗马帝国的卑鄙小人们的宽容。

你出于更绝望的需要和更不幸的渴望，同你的国家相会。我是罗马尼亚人，心怀作为人的身份中存在的自我谦卑。除了躺在不是因我而产生的那些痛苦上，扼杀我毫无保留地揭示我们自身缺陷的那种高傲的愿望之外，没有任何东西阿谀我归属那个空间。其他人存在或者不存在。但没有人像我们这样卑微！这样弱小！小写是我们的神明。甚至连死也只能进入"山脚下"的极小的二流墓地。

我们爱这个国家只是把它当作沮丧的根源。或许它甚至变成瘟神！而我们不幸必须对它宽容，给予它不能有的尊严——死亡！扼杀我的思维！

什么样的不祥之兆决定了我们的开初？什么样的纹章烙下了缺乏使命感的印记，成为最初的羞辱？没有一个荣耀的花冠曾经装饰过瓦拉几亚人的头颅。被假设是最自豪的民族的后代们，低头屈从着作为奴才的命运。他们是无耻的奴隶，不懂得生物借助激情的闪光和飞扬跋扈的高傲梦想达到驯服太阳的效用。奴隶制乃是巴尔干的慵懒所寄居的池塘，欧洲这个角落沉浸于无所谓高尚或者下流的寻欢作乐的肉欲泥潭。

为什么天公把我们从广阔的大自然中搬移到此，来嘲笑我们，低三下四弯腰祈求施舍？

大公们开国之际，一只猫头鹰在歌唱……

……它不祥的悲歌仿佛催促你在巴黎塞纳河畔发出逆反的回声，以衡量那么多历史人物的已故命运。

33

  我常常向自己的生命告别。内心对自己说：大自然是密封的。你在其中还想寻找什么？对于你来说已无容身之地：远离一切，做一个你曾经被钉在上面的十字架，一个你或可能被钉在上面的更大的十字架，让你的身体离开地面，撕碎你的僧衣和曾经的信仰，让你的头发挣脱扼杀希望的笼头，用无情的手臂为关节解开束缚，消除你的往事记忆。

  ……但当我付诸实践时，我的心回答道："你爱自己的行尸走肉高于一切。当你践踏自己的最后愿望，当你无论在现时或者永恒中都找不到喘一口气的瞬间，被所有人抛弃，被你自己抛弃之时，我的战斗中或许依然潜伏着某种渴望，表明你*存在*着，尽管你不再想活着。当你离自我更远时，你的血，种种思想和其他魔鬼吸取的你的血，在我孤寂的内心里涌动，而我把你希望的温室变为春天的花园。有多少次，我无不最终成为你的春天！"

  我曾希望撕裂自己那依赖肉体的模糊的思维。而当我毫不犹豫地缓和犯罪的冲动时，心灵深处出现一个声音，一个渴望生存的声音。命定的行动环境将你从自己幻想的杀手，从虚空的神明，就地变成世界杂事的奴仆，自己杂事的壮劳力。

你游荡在被人们糟蹋得肮脏不堪的街道上，走回家去。人们背负着城市的疲劳，却依然向着时间的大道狂奔——你在孤寂的房间里，更加孤独地躺在床上，思想的遗体在呻吟："我受不了，受不了。"——散发着裹尸布气味的床单和被临终的苍白脸色染白的灵魂。当你心里觉得一切似乎都在断裂之时，单纯的躯体的战栗重新把你带回自我这一边，踏上错误和思想的此岸。

34

如果你在青春萌发初期没有听过音阶残缺的内地走音的钢琴，在午后无休止地在上面弹奏叹息；如果你没有一连多少天深夜不眠，用算不清的数字一分一秒地数数；如果你没有在星星、眼泪、被姑娘遗弃的眼睛里寻找自己作为流浪者的庇护所——没有从大自然的一个个摇篮中潜逃——那么，你今天或能认识虚空，世界和你的虚空？

生命的稀有将一切变为非现实。我把手放在各种东西上，它们逃离我，正如我逃离自我一样。直至沉淀——至高现实——也只是一个较为浓缩的梦。

对于孤独的女人——你身边的女人——向你哭诉继续行程的困难，讨要抵抗负面的诱惑的药物，你回答道："看着到处都是的非现实。这样，你就会忘记痛苦表面的正能量。"

而她说："看到几时？"

"直到你神经错乱。"

35

人越是构成特殊的存在，就变得越是容易受到伤害。不存在之物可能使他受伤；一个乌有之物即是焦躁不安的际遇——而处于动物相邻的阶段上，人必须有强烈的激情和决定性的环境，才能在场。你是否达到消除了边界的*自我*？那么，谁将为你拔掉来自时间毒药的箭？每当你淹没旨在供永恒的凡人呼吸的河床时，不由得痛苦万分。当你通过思想触及注定成为时间之肺的禁地时，*任何东西都在触及你*。反思无须氧气，因此我们如此强烈地为之赎罪。与永恒相邻决定了作为人的特殊现象的易受伤害性，而徒劳无功——则是他的思想的魅力。

正因为知道我乐于缺乏价值——或者除了减缓厌恶，我的行动别无其他任何用处——所以我是人。撒哈拉沙漠的耕种者,乃是人的尊称。能为了*不存在之物*受苦的动物,这就是人。

36

我继续活着并在世界事务中再为自己开辟一条小路,应该感谢理性吗?也许应该。不过是在最后。感谢人们?感谢展览?无论是人们或者展览,当我还没有露脸的时候都不存在。它们永远事后才帮助我。

但是,当世界的民族大迁移侵入拉丁地区,你流亡在那么多的亚哈斯维尔①后裔中间之时,还有什么力量再容忍心灵的该死奴役和大街的迷蒙雾气中的孤独悲鸣?在圣米歇尔山上,有过比你更陌生的异乡人吗?一个娼妓或者乞丐更爱闻它的庸俗的香味吗?

正如西班牙的外来者一样,在衰落的罗马的非洲人或亚洲人品味着体系和宗教的混杂文化的黄昏,毫无理想,在城市的疑云中醉生梦死地寻欢作乐——幻灭的你也踯躅在光明之城的黄昏中。谁也没有根。路人们的眼睛疲惫万分,故乡的景色在他们的眼里正在熄灭。没有

---

① 《圣经》的中译本译作亚哈随鲁,且分别指代两个人,一为波斯国王,一为马代族大利乌王的父亲。但欧洲另有一个传说称,这是别号"流浪的犹太人"的国王的名字。此处应是指后者。

一个人再属于某个国家,没有任何信仰引导其走向未来。所有人皆品尝着无味的现在——干枯、无能的本地人只在疑问中还有所反应。启蒙时代具有怀疑主义*精神*;在文明的结尾,怀疑主义失去了活力。没有前景的生活只剩下感觉的启示和神志清醒的企望。本能被碾成粉末。狡黠的怀疑主义者的曾孙们,在*生理*上不再能相信任何东西。一个没落的民族只能在虚无的世界面前消极地卖弄智慧。

微风吹拂着街上落日的空虚,你试图卖弄自己的满脸曙光,为的是不承认你像这座世界之城一样没落。于是,你有了耸立在它之上的愿望。你想拯救自己。而在这儿,有谁,有什么能帮助你?

没有任何东西帮助我做过任何事情。如果手头没有巴赫的弦乐二重奏的广板,我有多少次几近毁灭?我感谢他。在脱离世界、天地、感觉和思维摇摆的极端痛苦的危险中,一切安慰降临到我心间,仿佛借助魔力我重新开始生存,沉醉于感恩之中。感恩谁?感恩一切和虚无。因为在那段广板中有一种虚无缥缈的柔情,完满的虚无缥缈中的自我实现的激情。

没有任何一本书在学说上帮助我,没有任何一种信仰支撑我,没有任何一段记忆振作我。当一幢幢房子消失在淡蓝色的雾霭里,北边荒漠的卢森堡在隆冬时节沉浸于潮湿之中,潮气侵入骨髓和远离时代的思想,生长出霉菌之时,我依然痴呆地滞留在城堡中间。于是,我急不可耐地冲向安慰的源头,消失了,经历了短暂的失声后又复活了。

在你失望地品味了宗教的毒药之后,音乐的陪伴使你远离沮丧的冲击。音乐的震动与物、人、本质或者表象没有联系,而且——在充分的激情中——你不再依赖任何人。在它极其宽广的空间里,大地,还有苍天不复觅求流浪的游戏,它们过于狭窄,而且没有羽毛般轻柔的温情在音乐空间中漂浮。乐音——替代无限的宇宙谎言——容许你有任何荣耀,"不是上帝死,就是我死",这是音乐的一个共同点。

37

我不会让老天安逸。我不需要循规蹈矩的云,不需要愚蠢的蔚蓝,以及虚情假意的日落西山的廉价诗歌。黑色狂暴的天空,不断扩展着的重油一样漂浮的乌云,使乏味的白昼染上夜色,我将用它们来消除乏味的阳光下的极度疲劳!

我想在枯燥的旷野里探索,清除有毒的野草的梦想和长满致命的香蒲的沼泽。在黑色的血中，生长出缺乏光的植物，我厌倦折射温和的星星，厌倦用转瞬即逝的金箔包裹我的悲惨生活的泥沼。我将把种子放在毒液里，让想入非非的星星们清醒地看到死亡。

我不知道什么样的凶杀场面在我的体液中发芽，灵魂的攀缘植物——诅咒——径直疯长到了何处。我不会用理智去鞣制它，而是将加入更加刺鼻的香料，不让维护思维的毒焰熄灭。

而你，我的心灵，我的亲爱的心灵，将逃不过老天注定的命运。你也不会在长眠中发霉，如早已枯萎的祖先们所注定的那样。我将铸造无情之剑，明快而锋利，将把你放进流血的剑的摇篮，让你重新憩息。你想睡觉，由古老的瞌睡虫演化而成的可怜虫；你想懒散，就像毫无生气的蓝云，你似乎是从中撕裂下来的一个碎片；你像太阳下的所有心灵一样，遭受温驯而礼貌的侵害。但是，我睁眼守护在天地之间，将窥伺你，当你的疲劳留给上苍之时，我将用火的鞭子抽打你的翅膀，你这个晕头晕脑的伊卡洛斯①，将掉进漩涡汹涌的自我之海。

---

① 希腊神话中发明家代达罗斯的儿子，因插上蜡制的翅膀飞近太阳而死。

你兀自思念卑怯的光明之乡，屈从于引导你飞向平静的星星的所谓规律，宁愿孤独地留在人间，从地上仰望着你——而你像大气中的一只蜥蜴，在安静得褪了色的蔚蓝中翻滚，我还能容忍你到几时?!

我将把你放在针毯一般的床上，放进心灵之床。我将把你包裹在受伤的心里。在世间，我还想继续闯荡，而你或在其他世界流浪，从那里对着我萎靡不振的懒洋洋的神态微笑？这儿，忙忙碌碌，困苦烦恼，我将在这儿把你这个逃避痛苦磨难的叛徒钉在十字架上！将用剑斩断你的狂热，砍死你这个天堂狂！正是你抛弃了我，把我变成一个杀人的凶手！

38

十万火急！——死亡在即！在你的生死博弈中，在你的直接消亡中，我解读了比在一切学说及其规律和理念中更多的内涵。你似乎长生不老，在你火焰般的热血鼓舞下傲然挺立着的，那是控制着你生命症候的容光焕发的死神。你突发的回光返照向何方挺进？向着什么样的人生挺进？

为什么你不克服自己毁灭性的剧烈心悸，来复燃我的灰烬底下的炭火？我在你心里，在你的光辉的抚爱下成长，怎能同你一起在长生不老幻想的烛光飘摇中死去！

　　正如为了掩饰从成长的基础上跌落而燃起的你的火焰一样，我也在世间雀跃嬉戏，远离坟墓，其实随着长大，或许离坟墓越来越近。一无用处，乃是你奋进的宝藏。你不依赖任何人和任何东西，似乎用柔情来抚慰空间的沉默，但你的轻拂对虚无有着敏锐的听觉，本身就是虚无的声音。它想成为存在的声音，但不可能。你是不可持续的声音，向我们揭示一秒钟的熊熊燃烧乃是使得事物存在的奥秘。我们说存在，那是指借助信仰和幻想，我们把它延长，使之超过瞬间之火，超过辐射的刹那。

　　……透过被火焰穿越的迷茫，我能依靠谁，我自身是比一切更短暂的火焰？但是，如果世界是被光影放大了的黑夜，那么无论如何你在燃烧着，而不是用熄灭的炭火和忍耐的灰烬掩盖自己的头。上帝是一个谎话，就像生活一样，或许也像死亡……

　　你们给我留下了心灵之火和被虚空粉饰的表象，在这个世界上，火焰教导我们：一切皆是徒劳，只能碌碌无为！

39

突然，一个巫婆搅乱你的心灵之水。你声音暗哑，眼睛失神，蓬乱的头发挂着散布在空气中的不可见的点点恐惧。残余的光忽亮忽灭。谁放火燃烧感觉，谁借助死亡之光引发强烈的感官的战栗，穿透瘫软的肌肉，就像在古老的叙事诗中滴在毒酒杯里的血一般？

你春风得意地穿越在人群之中，而闪电在晴朗的天空下刺穿你的五脏六腑：面对屠杀就应该这样。你沉浸在发光的毒液中，震惊于自己被一种消亡感所困扰，感受到悼念死人典礼的苦涩中的甜蜜。

如果你穿着闪闪发光的罪孽的紫袍，背负着肉欲的苦难，行走在收割后满布根茬的心智的田地里，什么样的莠草在你心里发霉？当你背负着如此沉重的包袱时，哪里来如此多的幸福？来自未来的幽灵正在穿越时间。

由于害怕自己忧心忡忡，你迷失在他人中间。你寻求玩乐、酒醉、跳舞和肉欲世界的刺激。看见他们浑浑噩噩，用装腔作势来隐蔽自己的空虚，用虚情假意来掩饰自己的厌恶，装作忘记了用来谋生的种种投机取巧手段，你不由自主地对自己说：只有自杀的人才不说谎。因为人之将死其言也善——你这样离开了。而他们继续寻欢作乐，快活地生活在现实的幻影下，仅仅在片刻的冷静之后，又制造出自欺欺人的谎言，不惜付出高昂的代价。他们为什么要*清醒*，为了一切归于虚无？——睁开眼睛看，存在正在蒸发。人们都闭着眼，为了保持存在。有谁说他们不对？你讨厌清晰的视觉洗净了头脑，怎能不希望自己的眼睑永远闭锁，炮制出关于最新现实的谎言？

我不想再成为吸血鬼，也不想在野草中收获自己分分秒秒的力量。幻想的罪孽和拥抱过天空的腐烂尸体正在我心里生锈。深入内心公墓的人，或能活得比那看得见的深度更长？我们同意，因为我们把墓石盖在了我们腐烂的尸体上，把大铁钉钉在心灵的大门上，留下空地生长绿叶。内心的地狱景色将匕首放在仇恨的手中，很可能回过头来刺向我们。在内心的地狱里，大天使是老大哥，胸脯上蜷缩着蜥蜴，脓液流进姑娘的微笑里，而一朵花的影子并不比月下的巫婆的咒骂更纯洁。

看不见的巫婆啊，你别用散布在空气中的毒液搅浑我的血。解除使我变得透明的咒语。没有了你，难道我就不认识自己？你为什么把我沉入种种奥秘的泥潭？快拿走空间的毒液，我不能无尽地吞下它。或者你想沉浸在造物的地狱里，把纯洁的宇宙变成一口肮脏的痰？

40

　　物质想要睡觉。你让它安静,让它沉入自己的基底。你在自己心里耕耘太过。有什么种子还会在贫瘠的环境所扼杀的荒地里结出果实?死神在散发着香味的织物中终止了自己的梦。激情在其中呻吟的木乃伊,何时将撕碎永远裹着你的布条?睡眠——怀着像垂死者的步伐一样衰弱的轻柔——推倒自我的建筑,使它转过身来,迈着缓缓的步子走向原始的混沌魔力。物质的摇摆不定引领你逐步沉湎于生存与它的敌人不可分离的境界。而死神不再扑向你。

　　我点燃了蜡烛:但它们没有照亮我的生活。幽灵的黑纱遮蔽了希望之岛,我扶着世界的灵台悲叹。

　　我将避开同类的道路,因为有时我很想用板斧砍向克利奥巴特拉①的妖媚。在女人的怀里,我梦想过西班牙的教堂,它们那并未同思想结合的躯体像金字塔一样巍然耸立,我们在它们下面讲述着法老的传说。它们之中的任何一座都感受不到让你被迫停留的压力,那么在

---

① 埃及女王(前69—前30),天生丽质,为了追求权力,不惜以色相先后勾引罗马帝国统治者恺撒、安东尼和屋大维,最后自杀身亡。

它们野兽般空中的拥抱和贪婪的梦呓中究竟找到了什么意义？它们把你置于虚空之中。没有女性的绝对虚伪，我或许不会低声下气地去寻找天堂。

地下的幽灵们正在窥视着我的脑袋，它把自己的憎恶建立在空龟壳上，而心脏放在我的躯体里，好似一具尸骨的手指上的一枚戒指。我奔逃着，手拿着火炬，犹如奥林匹克地狱中的长跑运动员，寻找自己的死神。

41

没有自豪的民族既谈不上生存，也谈不上死亡。他们的存在是乏味和无谓的，因为除了听天由命的无谓，别无其他作为。只有一腔热血或能使他们自拔于同样的命运。然而，他们没有热血。

我回眸反思历史事件，在过去发生的一切中，只有巨人般骄傲的时代，伟大挑战的时代，胜利招致的不幸时代，使我感到欢欣鼓舞。在这样的时代，权力胀满的精神治愈了一些人寻求更大权力的贪欲。有谁能想象一个罗马帝国元老的头脑中如何思想？如此贪婪地追求统治和财富的狂热，使一个民族急剧陷入穷途末路。然而，好景尽管不长，却强盛盖世，其活力远胜过某些默默无闻民族的千秋万代。对财富、豪华、声色之好的爱，这就是文明。一个单纯和正直的民族与植物无异。你掠夺大自然，违背自然规律生长，唯求实际，转瞬消亡。从虚荣出发的一切皆短命，无限的紧张生活只换得微弱的时间补偿。

对于罗马帝国的元老而言，罗马比世界更伟大。因此，罗马统治世界，君临世界，打败世界。一个民族——尤其是一个人——只有拒斥非我族类，才有所创造，只有对自我，才谈得上理解。

通过了解他人，你变得大度，聪明和明智，但不再创造任何东西。内敛是个人和集体的坟墓，只有闭着眼和怀着发烧的感觉，事物才*停止运动*。

罗马人呼吸着他们的法律中的*极权*；他们的法律不同于其他，因为*不可能喘着气空谈法律*。跟他们同一类型的人类即是人类本身。共和或者恺撒主义——同样骄横的两种形式，或曰两种天命：在第一种形式中，你在*法律上*取代世界；在第二种形式下，则是在*主观上*取代世界。法律和任性决定——在同样程度上——其他人的命运。一个罗马尼亚农民与一个罗马元老之间的差距——或者说大自然与人之间的差距，即在于此。

当精疲力竭的芸芸众生不再有足够的力量取代世界，世界变成*现实*，而罗马人成为*域外之人*时，帝国开始衰落。衰落是一个不言而喻的事实，即所谓盛极必衰。你不再有那种无限狭隘而又创造力无限的唯你独尊的疯狂冲动。世界*存在着*——你不复存在。东方的各种宗教侵入罗马，因为罗马不再自满。

基督教——曾经存在过的各种信仰中最不高雅的——只能以其厌恶奢华、时髦、美食和越轨来获取生存的可能。如果罗马不是生活得如此剑拔弩张，不是如此迅速地耗尽财力，它不可一世的壮丽功业的覆灭或许会延后，而基督教的律令或可能成为一个宗派的不令人羡慕的特权。这样，我们或许有幸皈依另一种信仰，比较感性、富有诗意、带有艺术的野性和令人得到安慰的自负的信仰。罗马衰落得如此悲惨，它如此粗暴地背叛了自己，居然接受了东方的病毒，这是对伟大的过去自我否定的明证！它无疾而终，轰然倒下。只有承载着少年气盛的自负的各种文明熄灭得很缓慢。具有天才命运的伟大的文明本质上是*大自然的病态*，飞向终极。基督教为罗马人的垂死的渴望插上了翅膀。在美学领域里，我们可能对此依然兴味盎然。

当不安稳的魔鬼把种种问题塞入你的本能，从帝国黄昏时代的罗马人那里学习何谓*颓废*的斗士。没有希望地挣扎，爱好无端的傲慢，假装天真烂漫！这是唯一能与精神相容的英雄主义，是不欺骗良智的唯一生存形式。让你的热血燃烧——让视觉看见你自己。而你知道它看见了什么……

　　我经常忧郁和迷梦地想象自己走过罗马公众广场和神庙，看着冷笑的诸神的没有眼睛的半身雕像。基督徒们尚未来到，公民们空虚的心面对神明的乖戾并不颤抖。极权融化在艺术之中。我自由地同他们相处，自由地对待自己和各种信仰，开放着恶之花，融化在没有得到传承的神明们的腻烦中。命运把我置于时代之外。我是世界公民，乌有之乡的公民。墓石回应着脚步声，没有热情，喑哑地回响着，空间变得过大，都市不再有城墙，房子在摇摆。我面对这么多旷野怎么办？为什么如此庞大的帝国装在一颗只有借助城堡的幻想才能为未来而跳动的心里？没有根，在荒漠的大地上，我的眼睛牢牢盯着诸神的失明的瞳孔，从中吮吸着另一个荒野。

三

42

在你的身上，麻风病的种子正在开花结果。因失眠而发烧的肌肉滚烫，散发出恶臭，从脓包中流出逐渐成熟的脓液，变成恶俗的狞笑。你把额头倚在浑身口水味的女人身上，感叹着死亡乐园的经历。精疲力竭的身体，连同莫名的战栗，一同淹没在腐烂的玫瑰花里。

你看不见死的壮丽，平静地伸出自己的手臂，是要让没有出路的劳苦把你累死？生活是精神错乱的一个诡计，唆使掉进它陷阱的人踏上一条用自己的血开辟的路。

我想要活并且活过了，虽然感觉到活得并不出彩。如果老天惩罚我一生下来就成为时间的刽子手，那么我如何能顷刻死去？

我有过爱并且爱过我自己。但是，爱情已经奄奄一息，好似发霉的闪电，脓包深处的迷情，燥热的蛇的感觉。

你，上帝啊，请你把死亡的信号留在我的枕头上。你可以欺骗你自己，但我不想欺骗我自己。请看，我如何置身于此地。你有过身处恶人中间的更温顺的儿子吗？让我与你的女儿们的爱情一起陷入遗忘？在我的暮年的尾声，绿叶满枝。因为你赐予我的那些时刻是痈疽，它们的果实遮蔽了《创世记》的世界和创造的希望。透过它们，透过它们阴暗的眼睛，我看见你。你要求我爱你？我将用心灵的伤口替代你的群星。为什么我不把麻风病播种在天上，赋予天真的蔚蓝另一种面貌？我希望下一场带着毒滴的暴雨，因为我的心像生病的星星一样在枯萎。尚未病愈的星星们，赶快挣脱你们的枷锁，在我的麻风病院里碾碎你们的痛苦，逃出天堂，到人间地狱里来！抑或，你们还没有体验灾难的神秘需要？！

43

傻子们建造世界，聪明人拆毁世界。你为了修补现实的破烂和拼凑可怜的东西，不得不排除心头不应有的疑问，脸上装出灿烂的笑容，犹如富有诱惑力的苹果。只要你保持清醒，就能丰富自己的精神财富。精神财富之所以减少，是因为你无所事事，陷入了头脑的所谓预见性毁灭的罗网。精神是永远贫乏的。我们只能借助愚昧来帮助它。它的贫乏是原生的，愚昧填补了到处的空洞，增加了它的幻想斑块。存在乃是愚昧的取之不尽的良智的产物。

当我们提及*存在*时，没有任何人比它遭受更多苦难。我们唤醒它，召唤它回归虚空。精神的痛苦在于它的苏醒。我们不再容许与它合谋，这是呼吸的绝对条件。

愚蠢？则是世界的*同伙*。

……而我们——无处不在的二流子——依然拜倒在一个宏伟的虚空的神坛前。我们不可能是死人。我们摄取生命精华。生命结束了，给我们留下的是激情。一个不存在的整体。所以，我们活着，嘲笑信仰；我们精力充沛，到处振翅飞舞；我们调皮，难以言表有多么默契——所有的火炬熄灭之后，我们继续在燃烧。在同虚空的肉体的直接接触中，我们找到了脉搏跳动的间隙。因为，思想只容许你在一个血腥的虚空施行魔法的间隙中生存。

愿我们悠闲地生活在愚蠢的阳光下！我们也许不可

能使现实的温暖普照一个虚拟的世界！因为，温顺和甜蜜的愚蠢是从造物主的喷泉中吸取养料的精神的源泉。世界是愚昧的子孙。

44

作为一头迷失在精神的温柔乡中的野兽，你在任何地方都不能平静。心灵与感觉之间的鸿沟使得命运成为惩罚的同义词。一切欲望折磨着你。因为，在绝对的虚空中——眼睛会创造牧场，耳朵会创造声音，嗅觉会创造芳香，触觉会创造愉悦——愿望在构建一个世界，尽管思想不断拆穿这个世界的谎言。心灵说：虚空。感觉说：快乐。

你被痛苦撕咬着，而欲望沉湎于世界，乐在其中。你枉自在思想上拒绝它的造物；激情继续支持它们。愿望分泌世界——而理性枉自努力在感觉的生存机体上蒙上一个罩子。

当你无情地潜入虚空时，虚空存在着，它在呼吸，战栗和打转，难道你没有感觉到吗？存在的咒语并不比虚空的咒语弱。如果你默认或者敌视它们之一，那么还有什么平静可言？但是，在心灵和感觉中，同样大的力量在翻腾。你找不到可以终止自己流浪的港湾。你想死！但是，可曾有过死的念头中隐藏着更多的生的欲望，在临终的渴望中隐藏着更多的长生不老的祈求？！

我也将像你们所有人，无根的同伴们一样，成为一具尸体，但任何一块墓石都碾碎不了一颗在火浴中不死的心。没有了生命魔力的肢体将在永世的驿站中休息；但没有任何一个坟墓将成为心灵——将地与天结合起来的奇迹的符号——的牢笼。

骄傲的牢笼是死亡，但当烈火把它的铁锁熔化掉时，它无能为力。人的战栗将拧开生命存在时关闭着的大门。

有谁感觉不到人的身上有力量发掘沉睡在时间坟墓里的心，有谁感觉不到人是一部天梯，被遗弃的天使们踏着下凡，或者不安分的囚徒们踏着爬上去分享蓝天旷野的安静——那是开天辟地之前埋葬死亡囚犯的场所。

你是一朵花，茎里有一个疲惫的闪电萎靡不振地发着闪光。它如饥似渴地听着黑色的乐曲，透过你的无辜的黑暗关注着魔鬼的康复。

借助音乐，它冲垮天体的荣誉和稳定，将天体拉近无法无天的心灵，变成消亡中的热量，为的是迫使天体的光回归到它的体内，显示它们比心更加具有欺骗性。

45

　　普通的女人只有两条臂膀。她们希望将你俘获在其中。她们在你耳边说着心头的悄悄话，偶尔用拥抱爱抚你，而你热血沸腾地躺着，却难以入眠，心乱如麻。她们比我们更清楚地懂得，爱情的谎言是人在无尽的虚空中的唯一遮羞布。所以，超过任何限度地滥用大自然为她们提供的便利，进行生存讹诈。我们掉进了罗网，玷污了我们不配享有的无限。

　　在你心里，世界因为与永恒决裂痛哭——而路过的女人们令你发疯。你如何能接受如此痛苦的分裂？你既恨又爱变革。永恒性像时间一样，既是罪又是救赎。你在肉体的牢笼里，梦想着世界的极限，而在周围世界的阴影下，梦想着死亡的陶醉临近。

　　你不可能用围栏把自己保护起来。当悦耳的轻风陪伴你跨越围栏——走向死亡源头时，你在周围还能竖起什么样的栏杆？

　　你饱受命运挫折和精神裂痕的折磨，只有时运艰难的乐曲陪伴着你。你不再有逃脱之路。所有的终点都在等待着你，你终将在所有死神的窥伺下死去。

　　在那条小路上你没有受过伤吗？心跳动着，在一个病态的时代。你在瞬间认识你自己,瞬间也认识了你。无尽的芒刺变为未来。生命的源泉遭到污染,而在心灵的喷泉中,乌黑的水在发霉。在它们上面,你怎能建造一座大脑的疯人院?精神和时间都腐烂发臭了。作为思想和你的孤儿,精神错乱乃是比死亡更保险的房顶,因为在这个世界上,头脑并非是安居之所。

坚定地热爱生命——活动着,然后乞求你自己的怜悯,抛开你的虚空所制造的无限冷漠,那是一个乌有之乡的无赖园丁,堇菜和脓包的播种者……

人是一块无谓的农田,莠草也能在其中像粮食一样硕果累累和闪闪发光。从无谓中产生伟大:一个性感之神。

46

死神在我头顶上滴水。一滴,又一滴。在无边无岸的空间里,我无处躲藏。毫无办法。他从天穹中下来,踏着虚无之云,迈着傲慢的步伐走近,信心十足,却未必有用。

我为自己在旷野上挖墓?那也是他的活计。我为什么抢在他前面?他已经在我的心灵里挖了坟墓。而我早已躺在这个墓里。我与蛆虫和其他的一切守护着它。

我行走在称作裹尸布的物质上。双脚被裹在里面，想用手拥抱天使般冷漠的天穹，却踉踉跄跄迈不开步，不能飞向天空。我只有向下走的路径。脚踝在陈年的沉渣中散发出刺鼻的臭味，你体内依然在喘气的那个时代已经在墓地中逝去，而在你为之骄傲的那一刻，故人们正在呼吸。

47

我在光天化日下折磨自己。心灵把老天化为精神。我所观察的其实就是我自己。

恐惧是欲望与理智之间的桥梁。我在其中如何找到平衡？现时与时间撕裂，而时间流淌出一个个瞬间，仿佛是一个病人的内心诉求。现在，现在，现在的一切乃是疾病，而过去和未来的东西，则是一种使人精疲力竭的疾病的想象中的良药。

诅咒是你的床铺。阳光照亮了自大的乞丐们的一个夜间收容所。请相信你**从不相信的**永恒的高傲，用依然支撑你跻身于所谓人的行列的鲜血止渴。在变作匕首的空间满怀成就感对你微笑之前，把心当作酒杯，喝下最后一口酒。

砸断你的狂犬病锁链；不要再对上帝狂吠。用你的胆汁给上帝增加一个光环，用毒液的迷醉使他更加自负？最好还是听其自然。他像你一样，也将自行消亡。他比所有人更腐朽。难道星星们不正是他解体生成的萤火虫吗？

作为一条小虫，没有尸体，游手好闲，为何用圣诗哀伤地颂唱对死的渴望，在没有光的天际如此艰辛地爬行。孤独，比魔鬼的一口唾沫更加孤独。

你遭受众人诅咒，在诅咒中挖掘自己的坟墓。用眼泪制作自己的棺木，用癫狂当作自己的枕头。

你也许在寻找言辞，用来构建祈祷，带走死者骨骸中的冷战和愤怒，让他们的下巴和着地下万世的节拍咯咯发响！然而，你没有找言辞，也不可能找。致哑的毒药在声音的痛苦中扩散。只有心还在思想的安魂仪式上敲着响板。

48

无尽头的时日，如何毁灭你们？让我忍受你们幸福中的悲哀，我再也不能。走向别有洞天的其他时日，更不可能。巴黎的天啊，我想死在你的底下！我知道你的堕落：我不再有任何期望。

在你萎靡不振的管理下，我经历了太多太多，在你这里游荡的岁月使我远离自己应有的未来人生。未来在我的眼睛里熄灭，因为他们吸进了你太多的远离时代的灰尘。

　　我没有羞辱你而去梦想其他的祖国，在寻欢作乐中我没有堕落到忘记自己的根和对血缘的思念。在血液的潺潺流动声中，被犁扭曲的民族沉默了，没有任何泥腿子的呻吟干扰小步舞曲中行云般的旋律，音符仿佛浮现出某种疑问。我作为流浪者的骄傲乃是你没有祖国概念的写照，而绝望——反时代的颂歌——笼罩着滴血的光环。

　　生命是伤感的不灭。我觉得这是你用耳语给予我的最后忠告。你可曾有过比我还忠实的学子？纵然命运安排我客死异乡，我也愿意在你的地下安息。我从地下看你的目光将战栗不已。而你也将用暮色的信号旗回复我，抚慰我的消逝。

49

　　你是吞噬了自己的爱人和朋友的大瘟疫的一个幸存者，在时光中穿越，以一种劫后余生的潇洒晒着太阳。

　　像教堂废墟上的一架自动演奏的管风琴，你的心弦在空旷的宇宙中奏鸣。

无限无同类；它在缺少同类中扩展。宇宙的叹息忘记了胸怀的富有欺骗性的无垠，由此凝成缺乏完美性的似是而非的感叹。随着世界的消亡，爱情也同世界的女仆们一起消亡。

灾难的寒战穿越以往的爱情，从吞吐生命气息的嘴唇里滴下一滴蜜，穿过胆汁。

……为什么我没有把自己的头脑沉入瘫软的肉体中，没有在物质的甜汗中滚动自己的思想？但愿我的无祖国的梦永远寄托在时代注定的人类以世界为家的取向上！当我所爱的女人在*此地*时，我渴望永生。可怜的无限一分为二！骄傲扼杀好景不长的魔力。

在爱情等待着最大谎言的女伴们的桥上，我只看见虚无缥缈的岸，在这些河岸之间，我安放了一项由杂乱无章的声音织成的帐篷，一直等到河水大发慈悲，开始急剧上升，决定冲毁我的乐曲和它的无谓的辽阔。

50

我白费心思，徒劳呕心沥血。什么样的同类或能有他自己的激情？他在播种什么？从现在开始，我将把灰烬播撒在其他人的青春上。而我自己也将埋葬在心和爱情的灰烬底下。

我留下的只有感觉和理念。因为，我已置身于自我之外。没有任何情感再装饰周围的人生沙漠。星星，我在它们的眼睛里做着梦的星星们，正在死亡，天空在激情深处熄灭。地狱向理想发动冲击，你在它底下呻吟，你这个可笑和忧伤的过客，从血液中榨取魔力的精华和花冠，为虚空加冕！你碾碎了自己频繁的寒战，对此没有任何人回应，也没有任何人嘲笑。你把自己的头盖骨偷偷塞进流泪的思想，用痛哭的物质击碎它，在悲叹的白夜里扼杀自己的未来。世界的缺陷在光秃秃的时间里滑行，从惨淡的生活中只能发出一声无语呜咽，穿越思维的沟壑。

　　你沿着令人悲伤的清醒的阶梯往下走，进入充满悦耳的清音和最终幻想的巴黎城堡。你毫不留情地对自己说：我将淹死在何处？是在塞纳河里，抑或在音乐里？

四

51

时间延续的实质是腻烦,而持续争斗的实质则是绝望。

人们为了忘记自己的存在,相信某种东西。我埋葬在理想下,栖身在疑问中,用一切种类的信仰扼杀时间。没有任何东西比面对单纯的生存,不为一大堆讨人喜欢的谎言所动而保持清醒更强烈地折磨人。

绝望?——生活在悲叹之中。因此,大海——无限反复的液态感叹词——乃是生活的直接偶像和心灵的化身。

既非健康,亦非疾病:这两大*缺陷*,为空虚腻烦所取代。

宇宙的作用只在于告诉我们,它正在走向消亡,我们可以用音乐——用一种更真实的非现实之物来取代它。

52

你在思想的斜坡上下滑,经常归咎于生存。其实,它无论如何没有作孽,或许只是罪在莫须有。

用痛苦的精神吸干犯罪的源泉。调和取之不竭的毒药和肉体的寻欢作乐的犬儒主义。用梦寐以求的厚颜无耻去爱命运的不公。你比一个没有故事的世界中的一颗彗星更无用,比无法无天的世界里的一个大天使的剑更徒劳无功,陪伴着碌碌无为的命运,以知道万物缺陷的人的盲目举动忽视幻想的精髓。放纵无忌的人的盲目举动。

你吸干欺骗的老根,沉醉于用头脑里的伪科学来寻求清醒。你存在着,正如头脑或存在着一样。

53

幸福麻痹我的精神。生活的完美使我感到空虚,而爱情的幸运抹去了壮丽的痕迹。幸福丧失了*自我*……

你在纵情声色的快乐中——直至精疲力竭——丧失

意识之后，多么强烈地向往与此告别的冷静！你渴望能独自待在自己的房间里：远离世界，没有爱人，吮吸着不幸的甜蜜！你不囿于任何理想，睁着被生存的压力吸干了精力的眼睛，试将梦想的疲劳撒到九天云外！

你奔走在世界中，找不到食物，依靠发放给流浪者的东西果腹。

真正的生活不在于平稳，而在于破裂。宇宙并未愈合心灵的伤口，在星星下，我不得不醉心于梦呓。因为，无论是肩膀抑或大脑都再也不能承受无聊之重。

借助观念，命运的气息吹拂着。而空洞的思想趋之若鹜的逻辑摇摆不定。心灵碾碎范畴。宇宙空间变成磨难。

54

为了我们能随意活动，大地在我们脚下伸展。我们看天，看地，看广阔的天外的其他空间，在所有这一切中发现了对我生存的损害。

我耗尽自己的感觉，相信应该消除自己的失眠。我突然发现自己躺在万里晴空的怀抱里。

我需要慰藉，追求荣耀的渴望变得越来越强烈。不由得变成内心无可补救的愿望的奴隶。

在眩晕中,我试着蒙住自己的眼睛。但视觉在广阔的视野中变得越发难受。

堵塞思维的绝路更加无情地横在我面前。

无论是傲慢、女人或者豪饮,都清除不了压迫着我的心灵的禁路。我时时刻刻都杂乱无章。这一刻与另一刻不再有所联系。它们的链断裂了,毁灭链在我的耳朵里嗡嗡作响。

……我把自己的思想交到谁的手里?丧失勇气的名声又传递给谁?

55

我想用自己的理念做成一张床,沉入其中,在抽象的峡谷中清除心的咕咕哝哝诉说。对它,我已经厌烦透顶。对它的脸蛋、灵魂尤甚。

从情感中产生恶心。心底里只有脓液,充斥热烘烘的恶臭。向往被生命之液和感觉酵素冲洗净的空气,向往心灵放松,思维如大理石一般冷静,令我回归自我的特征。

任何冲动的幻觉都不再能干扰判断的眼光。你曾经是一个十足的歌唱表象的男高音。现在你在自己心里寻找着——没有音乐——严格的区别,宛如一只精神的刺猾。观察他人和你自己独特的遭遇，像一个无恶不作的可恨的魔鬼，一个空闲的魔鬼那样观察一切。正是出于思维的客观冷静，在可怕的未来或永世推迟自己的进程。

56

通常，我们所有人都相信自己充满活力，而且以自己的勤奋与收获为自豪。实际上，我们背上扛着一个空口袋，时不时用现实的碎渣填满它。人是一个活着的乞丐，现实中的一个滑稽可笑的小工，一个缺心眼的愚蠢修鞋匠。

你为自己在世界上造一间房，以为自己逃脱了世界。周围不复见到任何东西。而在你自认为更孤独时，却发现房间没有房顶。你该咒骂谁？咒骂太阳抑或黑夜？你在空间中张开双手。但手指在真空中黏在一起。并非缺失活力，因为活力在燃烧。现实感到烧灼，现实很疼。呼吸乃是一种殉道。因为，生命之灵是经过恐惧的熔炉筛选的。

57

宗教，特别是它的女仆——道德，剥夺了自我——亦即文化——与众不同的魅力：蔑视。也就是说，*居高临下俯视认定你是芸芸众生中的其中一分子。不存在复数的自我*，而只有不相似的人类命运。文化——在其独特性的最高表述形态中——乃是对于科学的一种蔑视。*他者必须在他们的充斥期待的生活中得到支持、劝导和不受干扰*。无论如何，必须清醒。他们任何时候也不会懂得独特的使命需要付出多么高昂的代价。让人熟睡吧。如同睡眠是在天堂里一样，逃脱自我乃是命运的温柔乡。自身透明的人面对任何事情都是正确的。他只要愿意，就能掐断生命之线。*命运乃是不断推迟的自杀*。

守护好你的生活，向你的傲慢揭示吞噬自我作为干粮的命运，你作为被打败的主宰的命运。

58

孩子，你没有安稳过。你谎话连篇。你想在*外面闯荡*，远离家，远离你的亲人。你欢蹦乱跳地向着视线的边缘眨眼，按照怀旧欲望的尺度来补天。

岁月从童年跃入了哲学，增强了对于定居的厌恶。思想将世界装进头脑。旅行的需要进入了概念。

小小的房间使你感到逼仄；除非在交叉路口，你——喜欢闲逛的街头哲学家——呼吸不畅。外出，永远外出，宇宙中放不下一张床！抽象的厌恶将生存的虚空公诸于世，你在街头——作为瞬间的杀手——窥伺着思维的混沌。

你没有热情理清思想之线，用它来串联脆弱的希望之链。随后，生命的尸体开始腐烂。侦查你的步伐的那个人，在其中发现了杀手。

59

在事物中看不见比它们所拥有的更多的东西，只看见存在着的东西。你不在它们中间。*客观性*——作为这个瘟神的名字——也是认识的瘟神。

心灵之恶是一种精神病，是理智下沉到心。你不能用任何方式选择，因为与你的爱好相对立的是灵魂的绝对视觉。它倾向于一边，向你揭示世界是一个等值空间。一切都是相同的，所谓的新也是*同样的东西*。可逆性观念是一把理论匕首。

于是，出现了*激情*。它使内心干旱的旷野开花结果。错误的震撼性的狂怒在进行*选择*。我们以此为喘息。因为，它拯救我们摆脱最大的恶：*无立场之恶*。

你不能明察秋毫地活着，不能站在无人之队，不能站在虚空一边。倾向——亦即创造虚假的绝对——*变化之液*在血管里再生。与周围世界相处是一个主观行为，与认识敌对的行为。客观性则是生命的杀手和精神的"命脉"。

60

思想——亦即取走你心上的石头。没有思维的通气孔，头脑和感觉或会窒息。

从病态的充盈中产生表述。你受到缺点的*积极入侵*。思想源自一个缺点的坚持不懈的改善。

你不需要任何东西——而你背负着一颗乞丐的心。精神中有什么东西丧失了平衡。如同一个吻的遗痕上的一道清醒的弧，思维的组织没有在你的梦幻中发现自己的支撑。《创世记》的秋天，最初的日暮。

心灵的唯一侧面是*堕落*。一颗丧失了维度的心，无异于看到了自己的消亡。一个有无限才能的思想家，无异于一个无能的思想家。

61

在病中，我们通过躯体忏悔。我们在生理上进行表达。当内心的声音不能说出我们患有的所有病痛时，躯体肩负起了直接告诉我们大量不知其名称的磨难的任务。我们在肉体上遭受着难以表述的痛苦。我们有太多的毒，却没有足够的所谓的药。疾病是一种难以言表的灾难。所以，机体组织开始发言。他们的话语透过深挖精神，变成精神的物质。

62

从诞生时开始，个人人生的温柔诅咒漂浮在你头上。它不可能完结，永远面对着你和无限。任何人不可能理解他人的事情，也不会推动你脱离在自己房间里自由呼吸，我行我素。你始终梦想有一个家，世界能深入其中。在你的眼皮底下，被无限的虚空杀死的同类在腐烂。这是感觉的毛病。它扼杀爱情，因此爱情控告它是骗子。两只眼睛看着你——你继续迷迷茫茫；两条手臂紧抱着你——你罩住了空间；一个微笑在你体内流动——你无精打采地向星星望去。

没有任何人的空间，那是无限投在心里的阴影。它是个人存在的最后基地。它也是爱情游戏的基础，激情戏的基础。你相信欺骗姑娘和凡人——没有任何东西比一个少女更能暗示死亡的绝对性——就是欺骗你自己。清醒地活着——面对无限……

63

我记得自己曾经是孩子。仅此而已。我试图重新想象自己生命休眠的温润，但记忆帮不了我。我更迅速地看到自己在思想的骚动下，而不是在骚动之前呻吟。没有任何东西比我们*期待*在其中有所作为的时间活得更长……

我逃出了童年，遇到了死亡的恐惧。于是，开始*认知*。死的恐惧淡化为死的愿望。这样的愿望通过无为思想所产生的强烈幸福感的泛滥依稀可见。如果你依然无知，或不会把知识的桂冠戴在直立的行尸走肉头上，而消极的骄傲也不会背弃童年的天性。*时间*或不会动摇希望的轨道，也不会生长出寄生虫损害你的元气。但是，时间冲淡了生命之液，而热情的炽燃使人精疲力竭，难免产生厌恶。一颗抽象的心——乃是腻烦的奥秘。时间通过这颗心流逝，只有观念，被霉菌窥伺着却达到了完全冷静的观念栖身其中。

生命之芽，善的无知的初始者，通过恶而达到全知全能者在哪里？

……我经常自问：我怎么敢于想象自己是孩子？

64

孤独到成为罪过，把分离延伸到直至犯罪，不懂得与孤立不可分的寒战。这是绝对的孤独。

发自精神的杀人的力量推动你走向作为人的顶点。宇宙自身也变成人。宇宙*正在追赶你，或者你追赶上了宇宙*……

强调*个性*，将我们粉碎为人的形象，在一些人身上凸显至引起宇宙的惊呼，产生了思想上的逆反。因自我膨胀而缺乏平衡的人，尖顶直指天空的树，忘记了自己的根……自我的体积逼迫无限，而明察秋毫的批判视野淹没在单一个体中。

……我钟情于针对自己的仇恨，透迤曲折地淡化时间碎片下的劫难。没有任何现实的和风依然吹拂到我的额头！魔鬼把自己的睿智和痛苦吹进我额头的皱纹里，把恶的气息深入到头脑里，在希望中翻转时光，在希望中控制失态的放荡。神智错乱不再受思想关卡的阻拦，而是直接侵入思维的组织！

65

　　一种哲学的深度是根据它所表达并*溢出*的追求目标来衡量的。不讳言每个国家缺陷的思想体系，促使中庸之道、严肃的思虑待以充实。它别有所求，思想的建构减弱了流浪的热情，压缩某种强迫观念的空间。无论如何，思即是*在*。这个俗语并非胡说：我在故我思。

　　误入歧途的恐惧，梦呓的血淋淋的诱惑，唤醒了中庸本能的回应，我们借助理论的庇护所，维护心的无尽直觉。思想的秩序是心的阻碍。思想的秩序是心的死亡。如果我们排除它，那么会走向何方？它的规律无处可找，而体系的规律——就在*此处*。

　　如果将思维链接成环路，危险随即消失。自我的挥发性也将消失。我们愈益强固。精神的急促的雾气凝结了。松散的灵感成形了——而自由在呻吟。心的叹息与思想有着何等紧密的联系！各种思想在无限的尸体上咬合。从一开始就放任它们发展，不再对它们妄下论断，难道我们或会在这个不封闭的世界上自行消失吗？诱惑像恐惧一样巨大。

66

瞧,这是我的血,我的骨灰。头脑在悲伤地摸索。宇宙依然如故——乃是精神的骨灰床。

太阳陷入了自己的光和天上的泥沼。

眼睛盯着幸存者们。瞳孔不再因惊奇而放大。因为,空间中没有任何东西再值得惊讶。

让我的生存的灰尘消散吧,但不再有风。微风在垂死的大脑中结成了冰。而心在咕咕哝哝地耳语,急切诉说着生存酿成的恐惧。哪里有时光来收藏**错误**?在这个世界上没有任何东西再犯错误,任何东西不复存在。因为,世界在**真理**中芳香四溢。宇宙因贫血而死,告别了*自我认识*。没有任何一滴血为思想的康复再突突喷涌。**知识**停留在了血液中。

……人讨厌一般结局,于是戴上帽子,将自己的骨灰装上船,奔向另一个宇宙。

67

我们仿佛并未背负**自我**,渴望与我们自己分离,将认同性当作最大的包袱,唯恐避之不及。

在胸中生锈的空气乃是上帝吐出的废气，**他的**呼呼喘息穿过大脑，毒化了一个临终病人的思维内核。在神的放荡行为带动下，理念在懒洋洋的温暖微风下沉沦。没有任何一首愚蠢的抒情诗可以掩盖无情的死亡。

要意识不诅咒**自我**？幽灵不扼杀自己的根基？看守不砍断希望？

精神倾吐着对于拥有它的人的仇恨，毒杀心怀非分之想的人，将支撑它的物质碾成粉尘。**自我**是伟大的牺牲品，**自我**是中邪者。

68

没有对爱情和死亡的预感，人或许在母腹内就会感到厌烦，幻灭地污染没有前途的软骨。但他秘密地期待着这两种诱惑，从襁褓里就开始编织幻想之线。爱情走近过来，爱情充实着岁月。但在它的无尽的波折中，裂痕促使眼睛见异思迁。痛苦的好奇心浓缩了我们在其中爬向终点的时间。一个个瞬间变得密集：经过浓缩的死亡时间……而如同通过爱情的光亮，我们发现了最终的黑暗一样，爱隐藏着一种将激情变为恶性的寒战的可疑之物。蛆虫享有的长盛不衰即是爱情的可疑之物。

爱不能使我们戒除见异思迁。见异思迁是人的致命弱点。它一直走到尽头，最终显露出某种或许存在之物，好奇心的灾难性的间歇。如果不存在一个基本的直觉，不容忍对于偶然性的厌恶，我们或许不会促使心的秋天走向见异思迁。**死亡**被专断行为所激怒，永远寻找着自己的**界限**，通过其对于确定性的渴望，值得用大写来强调。因为，它是我们把一切交于它之手的假想，时间的无可改变的平庸结局。

对于精神而言，死亡像任何事物一样，存在也是很短促的。但出于血缘、古老的真理和心灵传统的强制，精神确认它。精神不得不屈从。**自我**把死亡强加于精神。因此，精神容许比应有的更多的假想。如果上苍要求，为何不这样做？精神带着怀疑的怒火自问。我为什么从人手里强夺走一个弥天大谎呢？人需要这样的谎话，就让他们享有吧。低能儿为自己编造一个惬意的谎话，夺走了我的武器誓死加以捍卫。他们为**死亡**赴死！

……**精神**如此判断——于是，它脱离了自我，躺在沉默之中。

69

我之罪：我洗劫了现实。咬了人的所有希望之果。我斜睨着太阳……

我被创新的魔鬼所折磨,很想把老天翻转过来。我的牙齿停留在肉体的隐蔽之处,各种念头在抽象的舞蹈中旋转,各种奥秘在嘴和脑里死去。哪里有变革的琼浆玉液来更新心灵和血液的脉搏?只有死水般的雨滴,播种我的过去,仿佛那是一条毫无用处的银河。

呼吸即是堕落。我寻找着完美的躯体来支撑我的余温,没有被污染的思想来消散我痛彻骨髓的疲劳。

我为沉浸于宇宙虚空中的真空添加上心灵的音乐的震动,用声音的旋流刺破它的宁静,把我的音乐的风暴留在旷野上!但愿我成为虚空之灵,虚无之心!

70

你能成功地扼杀折磨自己的噩运吗?永不可能。

你能治愈吞噬你呼吸进程的疾病吗?毫无办法。

你依然还会把痛苦从感觉上升到疑问的高度吗?永远如此。

你不想把自己的无补于事的表述塞进信仰的蜜糖里吗?无论如何也不。

……在你的血液里,"**永不**"的沉渣逍遥快乐,在你的血液里,时间在解构——一个捉摸不定的异教徒从救赎的大洪水中拯救了你。魔鬼通过上帝的眼睛偷偷溜了进来,而你跟随着他的影子和脚印……

　　　　　　　一九四一年至一九四四年,写于巴黎
　　　　　　　　　　拉辛街,拉辛旅馆

"蓝色东欧"译丛（部分书目）

第 一 辑

- **《石头城纪事》**（小说）
  【阿尔巴尼亚】伊斯梅尔·卡达莱 著　李玉民 译

- **《错宴》**（小说）
  【阿尔巴尼亚】伊斯梅尔·卡达莱 著　余中先 译

- **《谁带回了杜伦迪娜》**（小说）
  【阿尔巴尼亚】伊斯梅尔·卡达莱 著　邹琰 译

- **《石头世界》**（小说）
  【波兰】塔杜施·博罗夫斯基 著　杨德友 译

- **《权力之图的绘制者》**（小说）
  【罗马尼亚】加布里埃尔·基富 著　林亭、周关超 译

- **《罗马尼亚当代抒情诗选》**（诗歌）
  【罗马尼亚】卢齐安·布拉加等 著　高兴 译

第 二 辑

- 《我的疯狂世纪（第一部）》（传记）
  【捷克】伊凡·克里玛 著　刘宏 译

- 《我的疯狂世纪（第二部）》（传记）
  【捷克】伊凡·克里玛 著　袁观 译

- 《我的金饭碗》（小说）
  【捷克】伊凡·克里玛 著　刘星灿 译

- 《一日情人》（小说）
  【捷克】伊凡·克里玛 著　高兴、杜常婧 译

- 《终极亲密》（小说）
  【捷克】伊凡·克里玛 著　徐伟珠 译

- 《等待黑暗，等待光明》（小说）
  【捷克】伊凡·克里玛 著　杜常婧 译

- 《没有圣人，没有天使》（小说）
  【捷克】伊凡·克里玛 著　朱力安 译

- 《花园里的野蛮人》（散文）
  【波兰】兹比格涅夫·赫贝特 著　张振辉 译

- 《带马嚼子的静物画》（散文）
  【波兰】兹比格涅夫·赫贝特 著　易丽君 译

- 《海上迷宫》（散文）
  【波兰】兹比格涅夫·赫贝特 著　赵刚 译

- 《父辈书》（小说）
  【匈牙利】瓦莫什·米克罗什 著　许健 译

第三辑

- 《乌尔罗地》（散文）
  【波兰】切斯瓦夫·米沃什 著　韩新忠、闫文驰 译

- 《路边狗》（散文）
  【波兰】切斯瓦夫·米沃什 著　赵玮婷 译

- 《第二空间——米沃什诗选》（诗歌）
  【波兰】切斯瓦夫·米沃什 著　周伟驰 译

- 《无止境——扎加耶夫斯基诗选》（诗歌）
  【波兰】亚当·扎加耶夫斯基 著　李以亮 译

- 《捍卫热情》（散文）
  【波兰】亚当·扎加耶夫斯基 著　李以亮 译

- 《索拉里斯星》（小说）
  【波兰】斯塔尼斯瓦夫·莱姆 著　赵刚 译

- 《遗忘的梦境——查特·盖佐短篇小说精选》（小说）
  【匈牙利】查特·盖佐 著　舒荪乐 译

- 《流星——卡雷尔·恰佩克哲理小说三部曲》（小说）
  【捷克】卡雷尔·恰佩克 著　舒荪乐、蒋文惠、程淑娟 译

- 《神殿的基石——布拉加箴言录》（箴言）
  【罗马尼亚】卢齐安·布拉加 著　陆象淦 译

- 《十亿个流浪汉，或者虚无——托马斯·萨拉蒙诗选》（诗歌）
  【斯洛文尼亚】托马斯·萨拉蒙 著　高兴 译

第四辑

- 《耻辱龛》（小说）
  【阿尔巴尼亚】伊斯梅尔·卡达莱 著　吴天楚 译

- 《三孔桥》（小说）
  【阿尔巴尼亚】伊斯梅尔·卡达莱 著　施雪莹 译

- 《接班人》（小说）
  【阿尔巴尼亚】伊斯梅尔·卡达莱 著　李玉民 译

- 《绝对恐惧：致杜卞卡》（小说）
  【捷克】博胡米尔·赫拉巴尔 著　李晖 译

- 《严密监视的列车》（小说）
  【捷克】博胡米尔·赫拉巴尔 著　徐伟珠 译

- 《雪绒花的庆典》（小说）
  【捷克】博胡米尔·赫拉巴尔 著　徐伟珠 译

- 《温柔的野蛮人》（小说）
  【捷克】博胡米尔·赫拉巴尔 著　彭小航 译

- 《无常的夏天》（小说）
  【捷克】弗拉迪斯拉夫·万楚拉 著　张陟 译

- 《赫贝特诗集（上、下）》（诗歌）
  【波兰】兹比格涅夫·赫贝特 著　赵刚 译

- 《垃圾日》（小说）
  【匈牙利】马利亚什·贝拉 著　余泽民 译

第 五 辑

- 《壁画》（小说）
  【匈牙利】萨博·玛格达 著　舒荪乐 译

- 《鹿》（小说）
  【匈牙利】萨博·玛格达 著　余泽民 译

- 《两座城市：论流亡、历史和想象力》（散文）
  【波兰】亚当·扎加耶夫斯基 著　李以亮 译

- 《另一种美》（散文）
  【波兰】亚当·扎加耶夫斯基 著　李以亮 译

- 《思想的黄昏》（随笔）
  【罗马尼亚】埃米尔·齐奥朗 著　陆象淦 译

- 《着魔的指南》（随笔）
  【罗马尼亚】埃米尔·齐奥朗 著　陆象淦 译

- 《乌村幻影》（小说）
  【罗马尼亚】欧金·乌力卡罗 著　陆象淦 译

- 《裸浴场上的交响音乐会——罗马尼亚20世纪小说精选》（小说）
  【罗马尼亚】诺曼·马内阿等 著　高兴等 译

- 《我行走在你身体的荒漠——立陶宛新生代诗选》（诗歌）
  【立陶宛】阿纳斯·艾利索思卡斯等 著　叶丽贤 译

- 《魔鬼作坊》（小说）
  【捷克】雅辛·托波尔 著　李晖 译

第 六 辑

- **《简短，但完整的故事》**（小说）
  【波兰】斯瓦沃米尔·姆罗热克 著　茅银辉、方晨 译

- **《三个较长的故事》**（小说）
  【波兰】斯瓦沃米尔·姆罗热克 著　茅银辉、林歆、张慧玲 译

- **《挑衅》**（小说）
  【阿尔巴尼亚】伊斯梅尔·卡达莱 著　李焰明 译

- **《娃娃》**（小说）
  【阿尔巴尼亚】伊斯梅尔·卡达莱 著　张雯琴、宋学智 译

- **《天堂超市》**（小说）
  【匈牙利】马利亚什·贝拉 著　余泽民 译

- **《秘密生活》**（小说）
  【匈牙利】马利亚什·贝拉 著　余泽民 译

- **《蓝色阁楼寻梦》**（小说）
  【罗马尼亚】阿德里亚娜·毕特尔 著　陆象淦 译

- **《两天的世界（上、下）》**（小说）
  【罗马尼亚】乔治·伯勒伊泽 著　董希骁、【罗马尼亚】梅兰（Mara Arion） 译

- **《生命边缘的女孩》**（小说）
  【罗马尼亚】米尔恰·格尔特雷斯库 著
  张志鹏、林惠芬、陈进、李昕 译

- **《希特勒金钱》**（小说）
  【捷克】拉德卡·德内玛尔科娃 著　姜蔚茜 译

第七辑

- **《致爱丽丝》**（小说）
  【匈牙利】萨博·玛格达 著　舒荪乐 译

- **《对欢乐史的贡献》**（小说）
  【捷克】拉德卡·德内玛尔科娃 著　覃方杏 译

- **《患病的动物》**（小说）
  【罗马尼亚】尼古拉·布列班 著　陆象淦 译

- **《送给头儿的巧克力》**（小说）
  【波兰】斯瓦沃米尔·姆罗热克 著　茅银辉、方晨 译

- **《去往巴巴达格》**（游记）
  【波兰】安杰伊·斯塔修克 著　龚泠兮 译

- **《伊莎贝拉的中国情人》**（小说）
  【斯洛伐克】爱莲娜·西德维格优娃 著　荣铁牛 译

- **《木屋旅馆》**（小说）
  【阿尔巴尼亚】迪安娜·楚里 著　陈逢华 译

- **《迟来的莫扎特》**（小说）
  【阿尔巴尼亚】巴什金·谢胡 著　李玉民 译

- **《弗拉迪米尔·霍朗诗歌精选集》**（诗歌）
  【捷克】弗拉迪米尔·霍朗 著　徐伟珠 译

- **《瓦斯科·波帕诗选》**（诗歌）
  【塞尔维亚】瓦斯科·波帕 著　彭裕超 译

·部分书名为暂定，以出版时为准·